La zorra y el tiempo

JORGE SAAB

La zorra y el tiempo

bokeh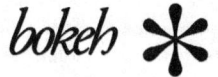

© Jorge Saab, 2019

© Fotografía de cubierta: W Pérez Cino, 2019

© Bokeh, 2019

Leiden, NEDERLAND
www.bokehpress.com

ISBN 978-94-93156-15-9

Si me pidieran que elija una de todas las imágenes de las que estoy hecho, señalo la de aquella mañana de 1967 con Ada acercándose a mí atravesando el patio de una escuela.

El tiempo replegado

Gabriel Inzaurralde

Como puede apreciarse en las fechas que figuran al final
de cada relato, las historias que componen este volumen han
sido escritas en diferentes circunstancias y probablemente respondiendo a diferentes estados de ánimo. A primera vista no
parecen reclamar una unidad de sentido salvo por un poderoso
enigma que las anima a todas. La primera pista que tiene el
lector está en el título. La segunda se intuye en la frase «las
vías guardan secretos, […] escondidos entre los durmientes y
el pedregullo» («En la vía»), pero sólo una segunda lectura de
todo el volumen puede llegar a develarlo.

Hay un procedimiento narrativo que predomina: alguien
escucha los rumores de la ciudad y a través de ellos los susurros
del pasado, alguien vuelve a su pueblo natal y ausculta las ruinas
del progreso. Alguien se sube a una insospechada máquina del
tiempo. Alguien reconstruye una voz y esa voz nos acerca pade-
cimientos, historias de vidas consumidas, como diría Ricardo
Piglia, en la llama de la experiencia.

Es esta escucha atenta la que vertebra estos relatos y va dibu-
jando la sombra del narrador como un anónimo testigo silencioso. Los que cuentan son a su vez testigos de primera mano
y se consideran fuentes directas, preocupadas por la precisión
de su testimonio. Su objeto son historias mínimas, fragmentos
de experiencia rescatados del olvido. Tienen como eje el des-
calabro íntimo que supone descubrir que, como decía Marx
de la modernidad capitalista, «todo lo sólido se disuelve en

el aire». Y sin embargo son historias de rebelión, a veces en forma de renuncia y a veces de locura. Los personajes ensayan modos de sustraerse al presente, reniegan de sus servidumbres y, sobre todo, de sus falacias. Y estas formas de disidencia y de sustracción convierten sus destinos en narrables.

En uno de los relatos los devotos discípulos de un afamado medievalista contemplan con estupor la transformación del maestro en documento histórico viviente. En otro, un jubilado llamado Bonifacio emprende un recorrido anacrónico por la ciudad de su juventud, viviéndola como era hace cuarenta años. Mientras camina hacia el cumplimiento de una misión entrañable, el hombre le exige a la ciudad del presente que se comporte como la antigua. La exigencia es literalmente quijotesca, pero Bonifacio no atribuye al embrujo malévolo los equívocos (o entuertos) inevitables en los que se enreda: los atribuye a la modesta y cotidiana corrupción de la ciudad. Sin darse cuenta se ve involucrado en batallas actuales que él enfrenta con un libreto de otros tiempos, demostrando que la lucha siempre es la misma o que la nobleza no es historizable.

No es el único relato donde el espacio es la sustancia que une el antes y el ahora. Ciertos rincones de la memoria (el desván donde vegeta el archivo familiar, una esquina de la ciudad, una estación de trenes abandonada) pueden disparar tanto la elegía como la locura. A veces la intersección entre dos épocas la provoca un artículo de prensa, en otros el pasado retorna como documento desopilante. A veces el propio presente parece no haber terminado de llegar y el tiempo está inmóvil como en esa vieja estación cuya clausura se llevó consigo a todo un pueblo.

Sólo en uno de los relatos el narrador parece asumir una voz colectiva: el nosotros de un colegio intervenido durante la dictadura. Al final entendemos que ese pronombre no representa la mera elección de una posición de enunciación sino una ardua conquista. La épica en Saab, que la hay, es siempre sin estridencias, profundamente humana, barrial incluso. Aquí no se recuerda con solemnidad sino con tono ligeramente paródico, el tono lleno de sobreentendidos y sin pretensiones que uno imagina en un antiguo cafetín de Buenos Aires. Y por detrás, siempre está el tango, porque sin este *soundtrack* de la vieja modernidad porteña como fondo, estas historias no se entenderían del todo. De hecho uno de los relatos, «Ascención», supone una escalada musical y casi mística que asciende de tema en tema hacia una virtual e íntima liberación.

La única felicidad digna de envidiarse, ha escrito Walter Benjamin, sólo existe en el aire que hemos respirado y junto a las personas que hemos conocido. En estos cuentos no hay «deber de memoria» sino fidelidad a la gente, a esa mujer, a los compañeros, a ciertas formas de compromiso y de connivencia que el tiempo y las derrotas diluyeron en la nada. La utopía no es un asunto del futuro sino del pasado redimido.

A diferencia del Funes de Borges, devorado por la memoria infinita, los memoriosos de estas historias no dejan de pensar: realizan un arduo y delicado ejercicio de fidelidad que linda a veces con la locura, y este esfuerzo está ligado a cierta idea de justicia. Por eso los relatos de Saab giran en torno a las posibilidades críticas del anacronismo. Su encanto, su humor, brota de la superposición de tiempos distintos en un espacio común. No excluyen la evocación melancólica pero tampoco el detalle jocoso, ni siquiera lo grotesco («Uña maldita»), y sin embargo todos ellos hablan de gente marcada a fuego por el tiempo padecido. A veces esas marcas se llevan en el cuerpo, como le pasa a Oscar, el albañil de «Réquiem para un hombre poco importante». Muchos de sus melancólicos narradores e incluso algunos protagonistas son historiadores profesionales o improvisados. Uno de ellos es Vicente Fidel López, personaje él mismo de la historia nacional e historiador de la vieja guardia romántica del siglo XIX argentino. Su melancolía, su desconfianza del presente, configuran un modelo: el hombre que ha vivido intensamente su tiempo pero que se ha sentido finalmente traicionado por él. En «Nuestra Jabonería de Vieytes» no hay historiador profesional sino un hijo que presenta el testimonio de su padre como si la nostalgia pudiese heredarse. En la pregunta final, el padre, ese referente pasivo de la experiencia, se salta el protocolo narrativo e interpela directamente a la amiga legendaria. Es como si un viejo bailarín retirado decidiese de repente que esta milonga le corresponde.

Salvo quizás en «La señorita Carlota», donde el autor parece reivindicar una forma más amable o más inocente de la agresividad escolar, y en «Uña maldita», relato humorístico de principio a fin, lo que el misterioso explorador de historias microscópicas parece buscar en el caos del presente es la huella o la herencia de figuras tercamente razonables y por eso anacrónicas. Son gente como Vicente Fidel López, Severiano o Emeterio, gente aturdida y desarmada por una repentina implosión del sentido: «[Un día] las palabras que salían de la radio y el televisor y de la calle, se dispararon, se salieron de madre y quedaron ahí como rebotando contra el piso» («Sin palabras»). Hombres (y todos ellos son hombres) con pretensiones ilustradas, se ven de repente inmersos en «el ruido», desde el cual ninguna nueva legibilidad del mundo es posible.

El poder ya no necesita replicar o censurar a sus cuestionadores. El poder ya no necesita razones ni medirse con lo razonable: le basta con el espectáculo, con la algarabía mediática, con la zafiedad de sus imágenes. Por eso el pasado de Saab, el pasado que Saab moviliza aquí con suave e irónica ternura, no hace que la actualidad pierda sus fueros pero sí su soberbia y su traje de lentejuelas. La quijotesca persistencia en las razones del pasado tiene el efecto de desnudar el presente: exponerlo en su intenso ridículo (como en «Severiano, el predicador y el esperpento»). Hablan en estas historias sujetos descolocados que no aceptan la absurda fugacidad de los años, aunque esto les cueste una supuesta cordura. Y no la aceptan porque el tiempo de los vencedores, que es la actualidad, también se ha llevado por delante un estilo del pensar y hasta el pensar mismo.

Mientras el mundo gira frenéticamente en torno al lucro infinito a cualquier costo, la vida real se va oscureciendo, la vida que se teje más allá de lo vegetativo, la de los afectos y las razones, el azar y los actos. Entonces el sujeto razonable, ya sin ilusiones, comienza a enmudecer. Ha roto finalmente el hechizo, sabe que ha quedado «mano a mano» con su tiempo. La estridente actualidad ya no lo impresiona: modesta, resignada, amablemente, la desdeña. Y si algún día se presentase en el barrio disfrazada de novedad, repartiendo promesas y reclamando votos, el hombre justo le daría la espalda mascullando sólo tres palabras: *conmigo no cuentes*.

EN LA VÍA

Un farol balanceando en la barrera
y el misterio de adiós que siembra el tren.

Homero Manzi

El pasado es un inmenso pedregal que a muchos
les gustaría recorrer como si de una autopista se
tratara, mientras otros, pacientemente, van de
piedra en piedra, y las levantan, porque necesitan
saber qué hay debajo de ellas.

José Saramago

Justo Palomeque, guardabarrera del ferrocarril, para servirlo... Con quién tengo el gusto...

Ah, pero si vos sos... el hijo de la Aurora, la partera.

Casi ni te conozco, caracho. Y, claro, ya no sos un pibe.

También, con la punta de años que han pasado.

Pero vení, arrimate a la sombra del sauce, justo estaba por tomar unos mates. El hijo de la Aurora. Si habrá trabajado tu vieja para mandarte a estudiar a La Plata. Y qué. Ya sos doctor o algo así.

Así que volviste para ver el pueblo. Está bueno.

Y para qué. Hay cosas que es mejor no verlas porque hacen mal.

Yo mismo, cuando me llega el ruido de otra pared que se viene abajo, me tapo las orejas. Y trato de pensar en algo lindo. Igual hago cuando quiero dormir un rato.

Tratando de que llegue el sueño, mi cabeza recorre cada manzana, y dentro de ellas cada una de las casas, de los locales, de los terrenos baldíos. Voy haciendo eso que se hace cada tanto, como es que se llama, cuando viene un tipo con unas planillas y entra a preguntar de todo. Un censo, eso mismo. Y entonces empiezo por donde empezó el pueblo: por la estación del ferrocarril.

Y mientras mi cabeza recorre los andenes, se me aparece el movimiento que había cuando estaba por llegar el tren. Desde el jefe de la estación dándose importancia, el auxiliar, el boletero, el cambista y el señalero, pasando por las chatas con la carga que iba en los vagones hasta la gente que viajaba y la que iba a despedirla.

Era como una fiebre que empezaba a bajar recién cuando yo volvía a subir la barrera. Y también los domingos con las familias que iban a pasear y curioseaban a los que subían y bajaban del local de las 17:21.

Y si levanto la cabeza para ver ese tanque oxidado, ese mismo que sigue ahí y no sé cómo todavía se mantiene en pie, me vuelven los tiempos de la locomotora a vapor, cuando los maquinistas cargaban agua y doña Magdalena les alcanzaba un mate a la vez que les pasaba los últimos chimentos. Hasta siento como me atraviesan aquellos bufidos y resoplos que largaban las máquinas y el humo que lo envolvía todo.

Después, voy recorriendo desde la oficina del correo hasta las chacras de alrededor, pasando por la fábrica de salamandras y cocinas económicas que después se hacían a gas donde trabajaba mucha gente.

Ni qué hablar de la escuela con sus maestras, la directora y el portero; el bar de la esquina de la plaza, el almacén del gallego y la tienda del turco; el taller mecánico, la herrería, el forraje y la peluquería del Tato Medina.

También el cine. Ahí me prendía yo siempre que pasaran una cinta de pistoleros o de convoy, esas con Tim McCoy o Red Ryder. La pucha, cómo me gustaban. También el club Atlético.

Y bueno, aparte de los equipos que se armaban y participaban en los campeonatos donde entraban los clubes de pueblos vecinos y que terminaban casi siempre a las trompadas, estaban los bailes que también podían terminar a las piñas con los que venían de otros lados a hacerle el verso a las pibas. Flor de milongas los sábados para quien anduviera de levante o a la caza de algún novio. Y los domingos por la mañana aparecía un forro colgado en alguna cerca para indignación de las viejas que ponían el grito en el cielo. Y todas esas cosas, como si fueran una película, desfilan por mi cabeza cada una con sus ruidos y sus olores hasta que me quedo dormido.

Un día de estos, o a lo mejor dentro de algunos años, va a venir esa gente, cómo se llaman. Esa que llegan con pico y pala y entran a buscar cosas adentro o afuera de la tierra…

Esos mismos. Y después de un tiempo de meter pala y de pasarle el cepillo a todo lo que han encontrado, hacen una película, escriben un libro, dan unas conferencias, todo para decir aquí había un pueblo, vean esta maqueta: aquí estaba la estación de ferrocarril, aquí la plaza, la iglesia, el correo, la delegación municipal; en la calle principal, los comercios y en estas manzanas se levantaban las casas donde vivían los vecinos.

Puede que también se encuentren algunos papeles con nombres, fechas, números y alguna cosa de esas. Servirá para saber cuánta gente, cuánta plata, cuánto de cualquier cosa que pueda medirse.

Si tienen suerte, por ahí se topan con algún número del diario que escribía, imprimía y vendía el gringo Juan. Después, alguien escribirá la historia: había una vez un pueblo.

Era un pueblo de gente que llevaba su vida más bien tranquila entre la partida de un tren y la llegada del otro. Cada tanto, algún escandalete sacudía la rutina, como para salir del aburrimiento, nomás.

Ahora, si te quedan ganas, con dar una vuelta podrás ver lo que quedó de todo aquello. Las casas están, flojas de revoque pero siguen ahí. Las calles también están, medio se las han comido los yuyos pero estar están. La plaza, no te sabría decir si ese pedazo de tierra se puede llamar plaza; ¡qué va a ser plaza! Sin bancos, sin juegos para los chicos, más bien quedó hecho un potrero.

Eso sí, pájaros hay a montones, hacen pata ancha por acá. Te acordás cuando ustedes eran pendejos y andaban por la vía con la gomera cazando pajaritos y yo los corría, «no sean des-almados que son criaturitas de dios»… linda manga de vagos eran ustedes.

Si seguís caminando vas a ver que de la iglesia quedaron sólo las paredes; del resto, los santos, los asientos, hasta el púlpito, mira lo que te digo, no quedó nada, para no decir que lo saquea-ron. Ahora sí que se puede decir que este pueblo no tiene cura.

Como verás, está casi todo, menos la gente, salvo algún ciruja de esos que andan mirando por si queda algo que valga la pena llevarse.

También, aunque no sé si se pueden llamar gente, se aparece esa patrulla, especie de cascarudos, que cada tanto marchan todos apretujados como si todavía faltara algo para atropellar. Es como cuando pasaba la langosta que arrasaba con todo a su paso.

Y quedo yo, por si viene algún tren, quien sabe. En una de esas vuelven a pasar, por eso tengo la barrera bien engrasada, el silbato y la bandera roja o verde, según cuadre. Toda precaución es poca para evitar accidentes.

Mientras, sigo aquí. Nadie se mete conmigo. Un día cayeron los del ferrocarril. Dijeron que estaban haciendo un inventa-rio y anotaron en una planilla lo único que hay: esta casilla medio venida abajo, el retrete más allá y esa zorra que quedó ahí, abandonada. Enseguida se fueron y no me jodieron más. Debe ser porque estoy aquí desde que corrió el primer tren en el tiempo de los ingleses y capaz me consideran una pieza de museo o algo así. Una vez me llegó un telegrama diciendo que tenía que jubilarme pero yo de aquí no me muevo. Con las patas para adelante me van a sacar.

Que se va a hacer. Como te dije, este pueblo, así como llegó, se fue con el tren. Desde entonces todo se quedó quieto, sólo se mueve lo que toca el viento. Por eso se me hace que con el último tren también dejó de pasar el tiempo.

Cada vez que me miro al espejo, encuentro mi cara siempre igual. Ni un pelo menos, ni una cana ni arruga nueva. Querés que te diga una cosa, la mayoría de las personas cree que el tiempo pasa. Se equivocan. Fijate vos, aquí no pasa ningún tiempo. Si no hay gente qué tiempo va a pasar. El tiempo es la gente misma y el tren es algo así como el reloj, el pulso de esa gente. Sólo tienen pulso los que están vivos. Los muertos no tienen pulso ni tiempo.

Por eso, el pueblo manejaba sus cosas según pasaban las formaciones: el de las 6:40, el lechero, el rápido, el último de las 23:10. ¿Entendés lo que te quiero decir?.

Qué cómo fue que pudo pasar todo esto. Y, es difícil de entender. Cómo va a desaparecer un pueblo. Al contrario, lo más lógico es que se multipliquen. A mí este asunto me da vueltas y vueltas en la cabeza tratando de encontrar alguna razón, algo que me explique cómo fue que todo esto se volvió fantasma.

Entonces recurro a mi memoria, repaso mis recuerdos una y otra vez, los paso en limpio, los ordeno y armo una historia como esta que te cuento que no sé si será la misma que la que se contará dentro de algunos años:

Aquí vivían hombres y mujeres acostumbrados a seguir los pasos de sus mayores: vivir de su trabajo siempre en el mismo lugar, ya sea en el campo, en los talleres, en el comercio o en los servicios, como la escuela y la sala de primeros auxilios. Así pasaban sus vidas, repitiendo, año tras año, la misma rutina: el trabajo, la familia, las fiestas cuando había algo para celebrar, un poco de distracción en el club o en el cine. O también, para decirlo de otra manera: ir a la escuela, tener un trabajo, formar una familia, criar los hijos, llegar a viejo y morirse como dios manda. Todo lo que no encajaba en eso que para la gente era lo normal y natural era rechazado o mirado con desconfianza, desde el que no se avenía a la costumbre, hasta el llegado de afuera, pasando por la traza o el color de la piel. Lo que estaba bien antes, debía estar bien hoy y también mañana y así siempre.

Después, cuando todo empezó a cambiar, cuando los muchachos empezaron a dejarse el pelo largo y las chicas a usar las polleras cortas, se escuchaba otra música, se bailaba de otra manera, «suelto» se decía, y se dejaban de hacer cosas que se hacían siempre, alguna gente empezó a decir que el tiempo de antes era mejor como si del paraíso hubiéramos caído al infierno. Todas macanas. Antes no era mejor ni peor, era diferente.

Pero si sólo fuera por el pelo o la pollera, no hubiera pasado gran cosa. El asunto era que la juventud se hizo más rebelde, casi no le daba pelota a los mayores. Ni que hablar de la autoridad… y a muchos se les dio por querer cambiar el mundo. La cosa se fue poniendo cada vez más caliente.

Un día vino por aquí Salvador, el hijo de Epifanio, el carnicero, que trabajaba en la fábrica, ¿te acordás de él? Medio nervioso me pidió que le guardara unos libros en la casilla. Después no se supo más nada de él. Para decir la verdad, tampoco nadie preguntaba demasiado. Más tarde pusieron una placa con su nombre en la pared de la fábrica. Como era de bronce, seguro se la llevó algún ciruja, eso dijeron, pero andá a saber.

Un día me puse a mirar los libros del Salvador, había de todo un poco, libros de versos, de historia y bastante de política… cosas interesantes, y de algunas no entendí gran cosa, qué querés que te diga. Todavía están por si tenés ganas de echarles una ojeada.

Y no fueron sólo el pueblo y el ferrocarril los que desaparecieron del mapa. Mirá los campos. Antes los veías de varios colores según fuera trigo, maíz o girasol; después todo se volvió verde. Y dicen que en poco tiempo si la cosa sigue así, ni para yuyo va a servir la tierra. Fijate como fueron desapareciendo los bichos que antes abundaban, zorros y patos flotando en la laguna envenenados por los plaguicidas, por ejemplo.

Yo me paso las horas mirando las vías para ver si descubro algo. Porque las vías guardan secretos, ¿sabés?, están como escondidos entre los durmientes y el pedregullo. O me quedo quieto a la espera de que la vibración me anuncie que de nuevo llega el tren… y entonces miro para el lado de la estación vecina a ver si veo un puntito negro que se va agrandando.

Cada tanto, especialmente cuando me entran las dudas y la memoria no me ayuda, me subo a la zorra y la entro a correr buscando llegar a alguna parte. Y mientras más fuerte bombeo, más lejos me lleva en el tiempo y vuelvo a encontrar un montón de gente y lugares que ya no están. Y yo me entrevero en todo eso, tal vez encuentre el porqué de todo esto que ha pasado. Y ahí sí, una vez que tenga la explicación, a lo mejor entreveo una esperanza, algo que me indique qué habría que hacer para que vuelva la gente, que resucite el pueblo y yo vuelva a bajar la barrera.

Si querés hacer la prueba no tenés más que subirte y entrar a darle a la zorra. No vayas a creer que vas a ir derechito siempre. Cuando te quieras acordar ya habrás cambiado de vía o habrás ido a parar a una vía muerta. Tampoco se te dé por pensar que cada vez que llegues a una estación vas a encontrar lo que buscabas tal cual lo tenías en la memoria… No te hagas ilusiones sobre eso muchacho. Ni las cosas ni la gente eran como uno cree que fueron. Lo que recordás que pasó casi seguro habrá pasado pero no en la forma que lo tenés en la cabeza. Y flor de sorpresa te vas a llevar cuando encuentres detalles que ni por asomo habías conservado y que son como un palo en la rueda de tu imaginación. Y cada vez que vuelvas al mismo lugar en el mismo tiempo, vas a tener que empezar a contarte de nuevo la historia que creías ya contada y terminada.

Así pasa siempre, m'hijo, creemos estar seguros de algo, pero en cuanto la ponemos a prueba, esa creencia se puede ir al carajo.

Subite a la zorra nomás y sacate las ganas…

Eso sí, antes de irte dejame unos pesos para la yerba y las galletas.

Invierno de 2017

Uña Maldita

Nadie nos va a decir qué sucedió realmente
y cómo. No hay final feliz, porque no hay en
absoluto ningún final, mientras el Duncan zarpe
hacia los océanos del pasado.

Agnes Heller

A medida que acorta la distancia entre la estación y el Club
Atlético, el visitante siente crecer su ansiedad por llegar y saber
definitivamente qué había de verdadero en aquella historia.
Porque lo que desde hace mucho tiempo lo tiene a mal traer es
ese relato que escuchó tantas veces como otras tantas se encargó
de repetirlo.

La cuestión es que no sólo lo reprodujo como una historia
verídica sino que lo hizo en primera persona colocándose en
el lugar del hecho. Y, como es sabido, cuando alguien dice «yo
estuve ahí», quiere decir que la autenticidad de lo narrado es
incuestionable. Pero él sospecha que eso no es cierto, que puede
que jamás haya estado donde afirma haber estado. Pero también
sabe que no sabe hasta qué punto aquella historia es verda-
dera, es decir, si da cuenta de un suceso realmente acontecido.
¿Por qué entonces la asume como realmente ocurrida y además
garantiza su contenido estampando el sello de su presencia en
el lugar, es decir, como testigo?

¿Es un típico embustero de esos que pasan su vida de mentira
en mentira o alguna clase de mitómano? No, claro que no, se
contesta a sí mismo. Pero lo cierto es que no sabe si aquello
en verdad ocurrió, y si en verdad ocurrió, le queda la duda

de si lo vio con sus propios ojos. De todos modos, en algún momento tuvo la seguridad no sólo de que así fue la cosa sino que él mismo estuvo presente aquella tarde de sábado –¿o fue un domingo?– en aquella cancha de fútbol.

Llegó al convencimiento de que sólo había una manera de resolver el problema que le planteaba su memoria: ponerla a prueba, someterla al acoso implacable de la crítica. Por eso se empeñó en identificar y reunir toda la documentación disponible sobre el caso hasta contar con un verdadero *corpus*, una base lo suficientemente sólida como para dar comienzo a su búsqueda. Así que pasó largos meses yendo por distintos repositorios o recibiendo por correspondencia parte del material que solicitó a varias instituciones, en especial, aquella que fue el Club Atlético. Con sistemática rigurosidad consultó la prensa escrita del pueblo, esto es, la colección del único diario y único quincenario editados entre 1950 y 1955, la prensa escrita del Club, el *Boletín*, un mensuario destinado a reseñar las actividades sociales y deportivas, a destacar los aciertos de la comisión directiva y a disimular sus errores, como así también a destacar el clima de armoniosa camaradería que debía reinar en una entidad creada para nobles fines omitiendo cualquier situación conflictiva. Además, copia del libro de actas, de expedientes de contrataciones, de la correspondencia, del listado de socios, entre otros. Si el hecho tuvo lugar en las instalaciones del Club Atlético, era lógico que la investigación tuviera ese ámbito como punto de partida.

Pero la búsqueda fue infructuosa; salvo el rescate de algunos posibles protagonistas cuyos nombres están registrados en esos documentos y sus rostros en algunas de las fotografías que llegaron a sus manos, nada. Ninguna referencia al caso en cuestión. ¿Qué hacer?

Todavía quedaba un recurso: apelar a las fuentes orales. Interrogar a los testigos directos, evaluar y confrontar sus testimonios. Esa podría ser la vía de acceso a la reconstrucción de la historia.

Borrosas figuras se cruzan con él no bien traspasa la entrada de la sede social. Voces que salen de la cantina, mezclándose con los ruidos de vajilla, con el eco de pelotas que rebotan en el frontón y los envites que parten de las mesas donde se juega a las cartas. Camina esas instalaciones como reconociendo el terreno por donde irá su búsqueda. Doctores y changarines, desafiando las teorías del conflicto de clases, juegan pelota a paleta. En el gimnasio, muchachos sudorosos acometen la bolsa apostando a sus puños para salir de pobres. Sobre el escenario, jóvenes insolentes ensayan teatro de vanguardia desafiando el gusto por el sainete de los únicos espectadores posibles. Más allá, congregados en su impecable espacio techado, los jubilados se entregan a las bochas desentendiéndose del resto y del tiempo.

También cree distinguir, aunque con el esfuerzo que supone penetrar en esa suerte de bruma, a los que hacen una escapada de la casa o del negocio para una ronda de truco, para el consabido vermú o para perder el tiempo sin remordimiento alguno.

Tantos afanes deportivos, culturales y ociosos, convergen en la figura del conserje que administra a discreción no sólo algunas que otras colaciones sino la suma del poder público, esto es, prestar o no prestar la pelota de básquet, el tablero de ajedrez, las paletas de ping pong o simplemente el derecho a la permanencia.

Quizás sea el humo de tantos cigarrillos lo que le impide ver con claridad esa circulación incesante entre las mesas y el mostrador, sobre el piso cubierto de cáscaras de maníes.

Y entre tanta gente, aquellos cuatro jugadores de tute que parecen estar sentados ahí desde siempre y que allí seguirán aun cuando las luces del salón se apaguen señalando el fin de la jornada.

Uno de ellos, el indio Pérez, rostro oscuro de tallado rústico, pantalón negro, camisa blanca arremangada, el pucho colgando del labio, casi no habla; permanece concentrado en la baraja sin atender el reclamo de atención del hombre que quiere entrevistarlo. Porque justamente de él se trata y de él sólo unas pocas cosas se saben.

Siempre al margen de las discusiones o entreveros que cada tanto estallan por las variopintas cuestiones del trasiego cotidiano, el indio no se mete con nadie y nadie se mete con él, tal vez debido a cierto aire de respeto que inspira entre los que lo conocen o lo tratan. Esto no es poca cosa allí donde el respeto es un atributo propio de los que lucen alguna chapa, médico, abogado o escribano, por ejemplo; de los que detentan alguna hazaña, no importa su carácter, como la de deber alguna muerte, o de portar un apellido de los considerados importantes. ¿Por qué entonces aquel aura que suele acompañar al indio, un humilde peón de albañil o pintor de brocha gorda concentrado en el naipe mientras la ceniza de su cigarrillo cae mansa sobre su pantalón negro?

Lo poco que se sabe sobre ese hombre de camisa blanca y porfiada reserva alienta versiones de cualquier especie, entre antojadizas y disparatadas.

Pero la cuestión que ahora lo trae hasta aquí es establecer en forma definitiva tanto el origen del segundo apodo del Indio, Uña Maldita, como del hecho que dio lugar a ese mote que lo acompañó desde entonces.

La historia que él se encargó de difundir cuenta que fue una tarde de sábado o domingo de cancha llena cuando el Atlético debió enfrentar (en este punto no hay certeza porque las diversas versiones compulsadas difieren sobre el tema) ¿a Sportivo, el eterno rival?, ¿a Peñarol?, ¿a Honor y Patria de Capilla del Señor? Ahí estaban, sí, claro que él podía verlas, las camisetas de listones rojos sobre fondo blanco del Atlético bajo pantaloncitos negros y medias del mismo color, y, formando parte de ese equipo, el Indio Pérez.

Si bien tampoco puede precisar el tiempo que se llevaba jugado, conjetura que debía tratarse del último cuarto del partido teniendo en cuenta que, de acuerdo a la hora de inicio y la estación del año, el sol caía a pique tiñendo de rojo el césped. Hubo un rebote en la puerta del área y el balón fue a parar a la zurda del Indio, que le dio de puntín. Entonces la pelota describió una rara parábola semejando una cañita voladora de fabricación defectuosa, emitió un silbido agónico y fue a caer desinflada a los pies del público, pegado al alambrado entre los que él mismo se encontraba.

Y ese fue el último partido del Indio.

Ahora está a punto de verificar que hay de cierto en todo aquello.

Háblenme del Indio, requiere el visitante a un grupo de connotados habitués del mostrador.

El jefe de telégrafos, padrino de noveles actores y eximio narrador, repite una vez más: había que verlo al Indio jugando al fútbol, ¡madre querida!, parecía que llevaba la pelota atada a la zurda, que sorteaba rivales como si fueran de palo, que se gambeteaba hasta el arquero o que se la ponía justita al nueve para que nada más la empujara... ¡y como pateaba!, completó el dueño de la farmacia, célebre por su costumbre de convidar genioles como si fueran pastillas de menta: dejarle un tiro libre de mitad de cancha para adelante equivalía a perforar la red, a desmayar a uno de la barrera o a quebrar un poste.

Para los del otro extremo del mostrador, sin embargo, dejando a salvo la tremenda patada del Indio, todo eran inventos. Era un tronco, sentencia Méndez, el mecánico, que supo ser utilero durante varias temporadas.

Los otros redoblan su postura: venían a verlo representantes de clubes de primera, ¡hasta de Rácing vinieron!, y se quedaban mudos de asombro. Y ahí nomás le querían hacer firmar el contrato.

Se están confundiendo con Villera, ese sí que era un crack y se lo llevó Gimnasia de La Plata, les replican.

La discusión va subiendo de tono hasta que la intervención del conserje y los esfuerzos del entrevistador logran bajarle el tono. Ambos grupos llegan entonces a un consenso: acuerdan en que el personaje en cuestión nunca jugó para el Atlético, no podía hacerlo ya que la Liga Pilarense de Fútbol era muy estricta respecto de la indumentaria de los jugadores.

¿Entonces aquella historia...? –balbucea perplejo el visitante.

Pero que el indio era un crack, era un crack, no tengan dudas, pretende cerrar la discusión el jefe apurando el último trago. Y yo digo que era un patadura, quiere dejar sentado el farmacéutico emprendiendo la retirada.

Don Jorge Villar, ya concluido el ensayo, ha bajado del escenario y seguido la discusión en silencio. Al finalizar la misma, se acerca al visitante, le dice que tiene algo que puede interesarle y lo invita a acompañarlo al juzgado a pesar de la hora (hace mucho que trabaja allí y el sereno le franqueará la entrada).

Una vez en el lugar, le alcanza un expediente en una de cuyas fojas puede leerse:

Pilar, 24 de junio de 1952

Sr. Fiscal de turno:

Juan Álvarez , por mi propio derecho, L.E. 2.856.652 con domicilio real en calle 11 de Setiembre 484, con el patrocinio letrado del abogado Eleuterio Palma, Tomo X Folio 45 C.A.L.P., constituyendo domicilio Procesal en calle Lorenzo López 428, me presento y al señor Fiscal digo:

I. Objeto: Que vengo por el presente a presentar formal denuncia por daños y perjuicios según lo establece el Código Civil en el art. 1068, hecho acaecido el día 22 de junio aproximadamente a las 17:30 hs, en la intersección de las calles Belgrano e Independencia, resultando mi persona el único damnificado del hecho.

II. Hechos: El día 22 de junio a las aproximadamente 17:30 hs me encontraba disputando un partido de fútbol integrando el equipo de El Parque que en esa oportunidad enfrentaba a su similar El Abrojal. Transcurridos 30 minutos del segundo tiempo y en ocasión de transportar el balón para cederlo a un compañero fui agredido por el wing izquierdo del equipo contrario, Sr. Pérez, apodado el Indio cuyo nombre de pila desconozco, que de un terrible puntapié me provocó fractura de tibia y peroné y desgarro de la pierna derecha, este último a causa de la uña pulgar del susodicho Pérez que, como es de público conocimiento, juega descalzo ya que por la extraña forma de sus pies no puede calzar botines de fútbol.

III. Prueba: Testimonial: Cito como testigos a los señores Oscar Guenin y Omar Bonilla y Walter Aumenta, L.E. 1.754.325, 2.752.632 y 4.714.269 respectivamente, con domicilio real en las calles que figuran en los citados documentos de identidad. Acompaño la presente con la respectiva radiografía tomada en el hospital municipal y fotografía del desgarro provocado por el uñazo mencionado ut supra

IV. Petición: Por todo lo expuesto, solicito se tenga como presentada la denuncia. Esperando que los testigos y el denunciado sean rápidamente citados para poder esclarecer el hecho cuanto antes.

Proveer de conformidad
SERÁ JUSTICIA

El visitante agradece a su informante la colaboración que acababa de brindarle y luego, mientras la noche va dejando casi desiertas las calles del pueblo, encamina sus pasos de vuelta a la estación. Al pasar por el club ya en silencio se detiene a contemplar, quizás por última vez, la imagen congelada del

Indio pegado a la silla orejeando las cartas, y su camisa blanca, como en la pintura de Goya, desafiando la semipenumbra que invade el ambiente.

Primavera de 2009, invierno de 2017

¡Salud, señora Carlota!

La niñez es la etapa más larga de la vida porque
es la que más veces recordamos

Cesare Pavese

(Sesenta años antes...)

Después del video, expulsión

En un secundario público de Caballito, tres estudiantes humillaron a una profesora en el aula. Un compañero filmó la escena con un celular [...] El video en cuestión muestra la reacción de este joven tras ser bochado por un punto [...]. El adolescente, de 15 años, y un metro noventa, pidió hablar con la profesora Alicia Martínez a los gritos delante de todos sus compañeros. La docente, que también da clases de Educación Cívica, le indicó que se sentara y prometió charlar sobre el examen después. Al verse ignorado por ella y desafiado por sus compañeros, quiso levantarla a upa, la empujó, le tiró de los pelos y junto con otro compañero se puso a caminar a su alrededor. Cuando la docente le advirtió que podía sancionarlo, él le respondió: «Vamos, meteme una sanción que yo te meto un tiro» y la agarró del antebrazo tratando de arrastrarla hacia la puerta del aula. La profesora resistió y se aferró al libro que estaba leyendo a la clase.

«Tapala con el paraguas», propuso desde el banco uno de sus compañeros. El alumno tomó el paraguas naranja y se puso detrás de ella, comenzó a bajarlo para interrumpir la lectura, después se lo apoyó por detrás haciendo burlas. «Dale que tengo poca memoria», le decía otro chico que grababa con su celular. El otro compañero que lo secundaba se paró al lado de Martínez y le sopló el borrador lleno de restos de tiza. La profesora no se inmutó.

[…] la docente tampoco informó la agresión a la dirección luego de sucedida, «tal vez por sentirse impotente ante la situación».

(*Página/12*, 3 de julio de 2008)

Atenta y vigilante como gallo en el corral, la señora Carlota paseaba por el patio su talante severo de rodete inconmovible.

Había que estar loco para atreverse a violar el rosario de prohibiciones cuando la señora Carlota estaba de turno. Así que no quedaba más alternativa que circular tranquilos o intercambiar conjeturas sobre el próximo episodio de Flash Gordon.

El aura de aquella maestra trascendía los límites de la escuela. Todos los domingos, del brazo de su esposo, solía dar vueltas a la plaza; a su paso, las otras señoras inclinaban la cabeza y los caballeros llevaban sus dedos al ala de sus sombreros.

Incontables promociones escolares aprendieron a leer con la señora Carlota. Todavía siento el temblor en las rodillas cuando me convocaba al frente para tomarme lectura.

Los talones juntos, las puntas de los pies separados, el libro *Mariposas* sostenido en alto por la mano derecha y los dedos de la izquierda atentos sobre la página que había que dar vuelta.

«¡Levante más la cabeza y comience!», semejaba la orden de fuego que abatiría al condenado.

Un recitado apenas audible iba subiendo el volumen tras la exigencia de «¡más alto!». Y ahí, ya jugado, sin escape, uno no leía, más bien repetía aquella lección de tentación, pecado, castigo y redención de la pobre laucha que aparecía en la ilustración tomándose la panza hinchada ante una madre de ceño fruncido y brazos en jarra:

El queso, manjar bendito.

Voy (la «v» debía pronunciarse correctamente como lo que era, labiodental: vvvoy) *a comer un poquito.*

Una vez, dos veces. Todito me lo comí.

¡Ay!, ¡ay!, ¡me duele aquí! (¡Los signos de admiración se inventaron para pronunciarlos!)

Es la justa penitencia.

¡Paciencia, nena!, ¡paciencia!

Mamita, ¿me perdonó? (¡¿cómo les dije que había que leer cuando había signos de interrogación?!)

Sí, m'hijita, ¡cómo no!

De vuelta al banco, que ahora me parecía el mullido sillón de la abuela en vez de aquella impiadosa tabla de pino que hacía las veces de asiento, al mismo tiempo que recuperaba la respiración iba tejiendo la trama de la terrible venganza que terminaba de urdir una vez metido entre las sábanas, en los umbrales del sueño.

Dos historias se combinaban a la perfección para llevar adelante la vindicación que acabaría por siempre con el poder despótico de la señora Carlota y que, a partir de semejante caída, no quedaría maestra con ganas de intentar siquiera replicar aquella ominosa tiranía. La primera historia tenía que ver con las hazañas de Durango Kid, el justiciero enmascarado ataviado de negro que, montado en su caballo blanco, acababa con cuanto bandido ofendiera las leyes en aquellos pequeños pueblos del lejano oeste. Todos los jueves pataleaba gozoso cada vez que Charles Starret emprendía raudo galope en la pantalla del cine Gran Rex.

La otra era uno de los relatos en árabe de mi madre, la historia de Shamajun (más conocido por Sansón), en libérrima adaptación de la narración bíblica.

Todo encajaba, mi caballo al que pinté de blanco luego de lijar prolijamente el palo de la escoba vieja, overol gris oscuro, que bien podría pasar por negro, el chal de veras negro de mi hermana, un viejo sombrero que alguna vez se usó en el corso y el pañuelo de viudez de mi abuela tras el que ocultaría mi rostro.

Bien entrada la noche, cuando hasta el último vago del pueblo se rindiera a los llamados del sueño, me desplazaría en puntas de pie hasta la galería, luego al galpón donde aguardaban el noble bruto, la negra vestimenta y el arma de la justicia; de allí a la puerta de calle, a la que nunca se echaba llave y, una vez en la vereda, sería cuestión de galopar unas pocas cuadras –tucutún, tucutún– hasta el chalet de la señora Carlota.

Debía andar con cuidado porque la luna llena dejaba ver mi silueta pasando por el club Atlético, el almacén de Ramassa, la zona crítica que comenzaba en la funeraria de don Jacinto Ponce a la que seguían la comisaría y la iglesia frente a la plaza. No era cuestión de despabilar al agente de guardia para que me diera la voz de alto o llamar la atención del padre Braschi para que me endilgara el rosario entero como penitencia.

Una vez llegado al objetivo, sería fácil saltar el cerco de ligustro y luego trepar la parecita del patio para quedar al pie de la ventana del dormitorio. Por allí pasaría hasta quedar mirando como la señora Carlota dormía, no sé si plácidamente, porque aun en el dormir su ceño permanecía fruncido.

Y ahí, sin vacilar, desenfundaría la hoz que mi padre usaba en la huerta para cortar radicheta y ¡chac!, de un perfecto guadañazo acabaría con aquel infame rodete.

Qué dulce sabría la venganza a la mañana, cuando la señora Carlota entrara al aula ocultando su vergüenza bajo un pañuelo.

Y, tal como lo hacía en las películas, Durango Kid se alejaría en su caballo blanco –tucutún, tucutún– no sin antes saludar haciendo levantar las patas delanteras al corcel y con la mano agitando el sombrero mientras, en la pantalla, el odioso *The End* anunciaba el fin de la fiesta.

Invierno de 2015

(SESENTA AÑOS DESPUÉS…)

HACE SEIS DÍAS EXPULSARON A DOS ALUMNOS DE CABALLITO
POR HUMILLAR A UNA DOCENTE

Primero, le pusieron un preservativo en la cabeza y luego le prendieron fuego.

Alumnos de segundo año de una escuela media pública bonaerense filmaron la burla y la agresión a una profesora, a quien le prendieron fuego al cabello. El video llegó a los medios antes de que las autoridades del colegio se enteraran siquiera de que esto había ocurrido, lo que hace pensar que, como ocurrió la semana pasada en una escuela de Caballito, fue difundido por los propios estudiantes.

Sucedió en la Escuela Media N° 8 de Lomas de Zamora, en el 2° año del turno tarde. El video, tomado con un teléfono celular, muestra a la profesora de Inglés tomando lista. La imagen se acerca a su cabeza, donde alguien le ha puesto un preservativo extendido sobre los anteojos, calzados a modo de vincha.

Segundos después, una mano acerca por detrás un encendedor a su cabello, al que prende fuego. Y una alumna pasa por detrás y agita la mano, para apagar el fuego.

Las autoridades de la escuela se enteraron del episodio ayer al mediodía cuando, tras haber visto el video por televisión, recibieron la visita de la inspectora del distrito de Lomas de Zamora, de la inspectora de Psicología, y del inspector de Escuelas Secundarias. […]

Clarín, 8 de julio de 2008

Ascensión

Hay un estrellerío tremendo en la noche pampeana... en un silencio tan patente que parece
ocultar un estallido

Daniel Moyano

Las últimas calles de Santa Rosa fueron quedando atrás
cuando, ya en la ruta, el pie derecho fue empujando el acelerador
como apurando la huida.

Quien conducía sólo buscaba deshacerse de la chatarra de
sus recuerdos acumulada en los desarmaderos de la memoria.

¿Qué hacer con todas esas bibliotecas, teorías y discursos
que alguna vez fueron soporte, ensamble, articulación, pivote,
estructura, oxidándose junto a los sueños, los imperativos morales y los desparramados cristales de utopía?

Quizás fuera cierto aquello de que la velocidad deshace el
tiempo. Entonces, sólo se trata de buscar una ruta desierta y
dejar que la máquina libere toda su potencia. Si el tiempo se
esfuma, se irá con él la memoria hasta dejar paso a un otro
nuevo, distinto, en un lugar también distinto, despojado de
historia.

En ese habitáculo, contemplaba el paisaje desfilar ajeno a él
como si se tratara de una lejana historia vista desde la butaca
de un cine de barrio: ni los rigores del verano, ni el graznido
del chimango.

Pasada General Acha y despejado el camino al Colorado,
como respondiendo a una extraña invocación, un ritmo pesado
de orquesta dejó paso a unos bandoneones que remolonamente

frasearon los primeros compases de *La Mariposa*; luego otra vez el conjunto, bandoneón solo y violines como suspendiendo la música en una cierta bruma. Vino el piano de Osvaldo, las manos como alas a ras del teclado, casi pidiendo permiso para anunciar un final a toda orquesta.

Y siguió *Chiqué*, un solo sublime de bandoneón y la ovación que se recuerda al finalizar la pieza, ¡qué grande, maestro!, ¡qué grande! Luego vino la extraña melodía montada en los primeros compases de *Negracha*.

Y aquel hermético recinto terminó inundado por *La cachila*, *La Rayuela*, *Malandraca*. Síncopa y contrapunto, contundencia de bandoneones y envoltura de violines. Rara y milagrosa combinación: cromatismo, intensidad, ritmo, timbre, altura.

A medida que aquella música lo envolvía todo, el paisaje se fue paralizando, volviéndose una estampa a punto de estallar rendido al arrastre de los bandoneones… yum-bá… yum-bá…

¿Cómo es posible, se preguntó, que ese sonido implacablemente urbano, que habla del misterio de la ciudad sin revelarlo, de tapias de ladrillos y cascos de policías bravas sobre el pavimento, de mugrientos mostradores y veredas recién baldeadas, pudiera hacer mella, más que eso, penetrar en la semiárida infinitud de aquella planicie hasta fundirse en ella, Cardo y Malvón en la inmensidad pampeana?

¿Acaso esa música necesita de una letra que la explique? ¿Quién al escucharla no siente interpeladas sus emociones y su propia historia? Si de *Mala Junta* pudo decir Arlt que es un tango «de lo más carcelario y hampón […], donde todavía persiste el olor de fiera y tumulto bronco de la leonera», sus compases, sin letra alguna, pueden conducir a tantos territorios del alma como visitantes haya dispuestos a llegar hasta ellos.

Lentamente, aquellos recuerdos de los que se empecinaba en renegar retornaban, pero ordenándose de manera distinta: los pliegues de la memoria se abrían para mostrarle recovecos casi nunca frecuentados. Todo aquel montón informe era ahora un retazo de experiencia, una historia que volvía a empezar.

Todo eso pensó sobre la imagen de aquel adolescente oculto tras las bambalinas, contemplando la orquesta de Osvaldo mientras las parejas bailaban y los fanáticos de pie escuchaban y aclamaban. Aquel conjunto en el que se podía reconocer a Rossi, Camerano y Ruggiero con su mechón cayendo hacia el fuelle, parecía estar dotado de una cierta cadencia, una rara enjundia que hacía de aquellos músicos una sola y vibrante cosa.

A la altura de *El Carancho*, ya la ruta era una cinta cada vez más angosta e imperceptible cuando se hizo noche y una luna roja se fue elevando tras la sierra. Entonces arrancó *Recuerdo*. Una tropilla de guanacos cruzó al poniente justo en el instante en que los bandoneones se trenzaban en una tensa y cuasi interminable discusión que la orquesta intentaba amainar sin lograrlo del todo.

Desde arriba alcanzó a ver a los guanacos perdiéndose entre las matas achaparradas, y a las estrellas viniendo hacia él para invitarlo a seguir la escalada.

Primavera de 2012

Sin palabras

In principio erat Verbum et Verbum erat apud Deum et Deus erat Verbum.

Un día Emeterio dejó de hablar, enmudeció, decían los vecinos. Lo que nadie podía afirmar era si eso se debía a algún problema en las cuerdas vocales o porque simplemente se le antojó no hablar más.

El hecho llamó la atención, tanto más por cuanto Emeterio era un hablador vigoroso, un hombre que amaba las palabras, aquellas que iban y venían en las charlas interminables de café como impetuosos aguaceros horizontales; las que deslizaba un enamorado al oído del objeto de sus desvelos; las que vociferaba el hincha en la popular ante los fallos del árbitro; las que emanaban del sabio conferenciante socializando recónditos saberes; las que escupía el mecánico furioso ante la tozudez de los artefactos; las que acompañaban los golpes en el pecho de los políticos en la tribuna, intentando convencer de que el hombre era él y no los otros; las que desmenuzaba el analista como llave de una realidad a la que sólo él tiene acceso.

Y amaba las otras, las que al final de la novela revelaban el misterio; las que en el poema consabido poblaban de murmullos el aire cotidiano; las que comenzaban la epístola con «muy señor mío»; las que en el capítulo veinticuatro narraban como había comenzado todo aquello.

Obviamente, para un espíritu como el suyo, los libros eran no sólo compendios de palabras que referían la infinidad de mundos posibles, sino objetos revestidos de sacralidad, tal como advertían los visitantes, a los cuales estaba terminantemente prohibido acercarse a los anaqueles a una distancia que pudiera poner en peligro la perfecta alineación de los volúmenes.

Algo parecido sucedía con su caligrafía, que se empeñaba en conservar clara y elegante ante el embate de los procesadores de texto.

Palabrero irreductible, Emeterio disfrutaba de las conversaciones mientras las cáscaras de maní acolchaban el piso percudido de los bares y las colillas colmaban los ceniceros. Discutidor incansable, era capaz de interrumpir al orador para espetarle cosas tales como «¿dónde estaba usted cuando los usurpadores se adueñaban de vidas y haciendas?». Frecuentador de los correos de lectores, sus cartas puntualizaban los más variados atropellos a la dignidad ciudadana, denunciaban la desconsideración y el maltrato, aunque también saludaban los hermosos gestos y las intervenciones que revelaban una ética sin cortapisas.

También se lo podía ver reconviniendo a los chicos que abusaban del coso o cosa, ya que todo tiene nombre y todo se nombra con las palabras. Lo que no se puede nombrar no existe. «Llame a las cosas por su nombre», solía repetir todo el tiempo.

Igualmente le encantaba explicar, a quien quisiera escucharlo, los diferentes significados que tomaban las palabras y las expresiones según los contextos, como es el caso de hijo de puta, que raramente se refería al nacido de madre prostituta, tal su significado literal. Y así, de seguido hasta que la audiencia interponía algún pretexto para abandonar el lugar.

Deploraba cuanto obstáculo se interpusiera entre el oído y la palabra, como la música a todo volumen o el baile alejado de la mano y la cintura de la compañera. En cambio se entusiasmaba con los debates públicos y saludaba las competencias argumentativas de los contendientes como uno de los podios más sublimes a los que podía ascender el ser humano.

Nada era ajeno a la enjundia de Emeterio, ni la carestía de los tomates porque «es mentira que se debe a que estamos fuera de estación», ni las falacias del intendente para justificar el aumento en las tasas, «que deje de malversar la plata de los contribuyentes».

Aquella intransigencia moral, que incomodaba a más de uno, le había granjeado el respeto y la consideración de sus semejantes. Además se reconocía su afán solidario, su siempre buena disposición, que se traducía en la integración de cuanta asociación de bien público lo convocase, porque nadie mejor que él para interpelar a los poderes públicos a través de su verbo encendido y exigente, nadie como él, persuasión mediante, para ablandar los bolsillos más reticentes cuando de contribuir a una buena obra se trate.

Todas las tardes, a la caída del sol, podía verse a Emeterio salir de la biblioteca pública y cruzar la plaza en diagonal para dirigirse al club Unión. Desde el Bar Alhambra, alguien daba la voz de alerta: «ahí va Sarmiento», por aquello de traigo los puños llenos de verdades.

¿Cómo fue posible entonces que aquella voz pletórica de razones terminara apagándose de un día para el otro?

Nadie puede explicarlo de forma convincente, ninguno traspasa el límite de las conjeturas.

Y si alguien, provisto de la experticia del historiador o de olfato de detective de la vieja escuela, se empeña en conocer cómo fueron las cosas, tendrá que reunir con infinita paciencia los pocos indicios encontrados en unos cuantos testimonios tomados de la gente que solía frecuentarlo con mayor asiduidad. Quizás así logre obtener una hipótesis que, si bien no alcance a establecer el hecho de manera definitiva, pueda, al menos, ofrecer una versión verosímil como la que dio don Gauna, sentado a la mesa del Alhambra que mira a la plaza:

«Sucedió, a partir de algún momento y al principio casi imperceptiblemente, pero luego como evidencia contundente, que las palabras que salían de la radio y el televisor, de los vecinos y la gente en general, de los muchachos de la escuela y de la calle, se dispararon, se salieron de madre y quedaron ahí como rebotando contra el piso y las paredes y convirtiéndose en ecos de sí mismas, y los ecos se mezclaban y confundían hasta ser sólo un ruido informe. Semejaban las cuentas desparramadas de un collar en pleno asfalto rodando y perdiéndose en la alcantarilla, o las bolas disparadas de un billar golpeando entre sí sin ton ni son.

A veces intentaba atraparlas y retenerlas para volverlas a su sitio, para tratar de encajarlas unas con otras. Pero era inútil, ellas se escurrían nuevamente y se lanzaban al aire para pulular como insectos de verano.

Los papeles de su escritorio, a los que tuvo acceso el escribano Alcides Peña, su amigo y contertulio, dan cuenta de la lucha llevada a cabo por Emeterio. Ahí están sus cartas airadas exigiendo cosas tales como respeto, fidelidad, en fin, eso que hoy se llama honestidad intelectual.

Y ahí están también las respuestas: «agradecemos su aporte», «tendremos en cuenta sus observaciones», «por el momento no nos es posible», «esperamos seguir contando con su colaboración» o simplemente nada.

Luego siguieron notas cada vez más breves; por último, fragmentos abandonados.

Lenta pero irreversiblemente, Emeterio se fue dando cuenta que el universo de las palabras le era cada vez más ajeno. Decidió entonces abandonarlo y nunca más, nadie le oyó pronunciar alguna».

Don Gauna apuró el trago y se quedó con la mirada clavada en el mástil de la plaza, los demás permanecieron callados, a lo mejor, como modesto homenaje al hombre que amaba las palabras.

Invierno de 2015

La vez que fuimos nosotros

> En vez de tratar (los estudiosos)... el mito en la acepción usual del término, es decir, en cuanto «fábula», «invención», «ficción», le han aceptado tal como le comprendían las sociedades arcaicas, en las que el mito designa, por el contrario, una «historia verdadera», y lo que es más, una historia de inapreciable valor, porque es sagrada, ejemplar y significativa.
>
> Mircea Eliade

Historiadores de la educación y cultivadores de la memoria buscarán en las actas y otros registros escritos, en entrevistas tomadas a protagonistas y testigos de la época, reconstruir la secuencia de aquellos acontecimientos, saber «cómo sucedieron realmente las cosas». Lo que sigue a continuación es solamente un recuerdo, un *trasunto de memoria*, para usar una expresión de Vicente Fidel López.

Hizo mucho frío aquel martes.

Vino el preceptor y anunció que debíamos ir al patio. ¿Y por qué?, preguntó uno de los que allí estábamos. No sé, contestó nervioso el muchacho. Llegaron unos militares y eso dijeron:

> Lo diré una vez más por si alguno no lo entendió bien: los integrantes de las fuerzas armadas estamos empeñados en aniquilar todo accionar subversivo, en este caso, en el ámbito educativo. Estamos decididos a erradicar docentes, alumnos y no

docentes que puedan actuar psicológicamente como ideólogos del terrorismo. Si bien los activistas terroristasfueron eliminados, quedan aún, especialmente en los niveles terciarios y secundarios, los agentes ideológicos. Miembros del centro de estudiantes del colegio o ideólogos docentes camuflados en el activismo sindical. Hay todavía rectores o directivos que se muestran reacios o poco dispuestos a asumir tareas y responsabilidades acorde con las exigencias que impone la lucha contra la subversión marxista. La preservación de la patria integrante del mundo occidental y cristiano exige de sus hijos enormes sacrificios. Estamos en guerra y muchos de nosotros tenemos las manos tintas en sangre. Nadie tiene derecho a permanecer indiferente. Por lo tanto, ahí dejamos los números telefónicos a los que deberán llamar para denunciar tanto a funcionarios y directivos que, mediante acción o inacción favorecen la infiltración como a docentes religiosos o laicos que impriman a sus clases una clara o encubierta orientación marxista.

Para ello, les podrán servir de orientación indicios como los siguientes: tendencia a modificar la escala de valores tradicionales (familia, religión, nacionalidad, tradición, orden, jerarquía), desnaturalización del principio de la propiedad privada, y la utilización interesada de la doctrina social de la Iglesia para alentar la lucha de clases.

Me hago eco de los conceptos absolutamente claros de su excelencia, el gobernador de la provincia de Buenos Aires, señor general Ibérico Saint Jean: «Primero mataremos a todos los subversivos, luego mataremos a sus colaboradores, después a sus simpatizantes, enseguida a aquellos que permanecen indiferentes y, finalmente, mataremos a los tímidos»

Señores, quedan ustedes notificados. Que tengan buenos días.

El silencio glacial que cubrió el patio dejó escuchar el taconeo de aquella comitiva encabezada por el coronel Valladares.

Luego, en la sala de profesores, nadie atinó a romper el hielo que dejaron aquellas palabras. Casi todos sabíamos o presentíamos los momentos que vendrían, más sombríos aún de los que estábamos viviendo. Sólo el timbre llamando a clase hizo reanudar el movimiento cotidiano de la escuela.

Poco tiempo después, volvimos a ser convocados, esta vez a la rectoría. Envuelto en la humareda que generaban los cigarrillos encendidos sin solución de continuidad, el rector anunció el llamado a asamblea de padres y docentes para el sábado siguiente.

Su aire a Charles Laughton, de normalista forjado en mil batallas, imponía temor y respeto al mismo tiempo. Su talante autoritario (el hombre además se llamaba Juan Domingo) emanaba del convencimiento de que la ciencia, la buena pedagogía y la historia estaban de su lado.

Le preocupaban menos las amenazas de Valladares, bravatas de milico, decía —quizás porque suponía que la dictadura de turno era semejante a las otras que le había tocado soportar— que el telegrama que tenía a la vista.

Nos desalojan, dijo alzando su ronca voz. El dueño intima desalojar el edificio, reiteró.

Con la velocidad de la luz la noticia recorrió las aulas, el gabinete psicopedagógico, la biblioteca, el laboratorio, el quiosco y la cocina donde Justa preparaba, además del mate cocido, el extraño jarabe que llevaba al rector para mitigar su persistente catarro de fumador.

Junto a la reja que separaba el patio de la calle, los preceptores contenían la ansiedad de aquellos chicos para quienes esa escuela significaba casi la única alternativa para superar la modesta condición de sus familias.

Sin embargo, Susana, la directora de estudios consagrada en democrática asamblea de pares, interrumpía las febriles deliberaciones de la sala de profesores recordando que las rutinas pedagógicas no debían ser alteradas, que en las reuniones de departamentos de materias afines se tenían que unificar criterios de evaluación, que los esténciles con los textos para los alumnos debían llegar con suficiente anticipación para que el mimeógrafo pudiera sacar a tiempo las copias que se necesitan.

Sí, porque aquí no se trabaja con manuales escolares, instruía el rector a los nuevos profesores. Un docente tiene que elaborar sus propios textos, no reproducir lo que otros dicen por él. Tampoco le hacemos el caldo gordo a las editoriales que castigan la economía familiar con los precios de esos libros. Para eso tenemos mimeógrafo y un auxiliar a cargo que solventa la Asociación de Padres.

Casi ninguno de nosotros faltó aquel sábado a la convocatoria que terminó en turbulenta asamblea. Acaloradas discusiones contraponían a intransigentes y negociadores, argumentando sobre propuestas que iban desde la toma de la escuela hasta una estrategia conciliadora.

Y bueno, dijo casi a los gritos uno de nosotros, si lo que pretende el propietario es vender este edificio, yo digo que hay que comprarlo, compañeros. ¿Con qué plata?, preguntó un escéptico apoyado en los duros datos de la realidad.

La que saquemos exprimiendo hasta las piedras, insistió el mocionante. Vino un instante de manos levantadas seguido de un cerrado aplauso.

La decisión marcó la consagración de una voluntad colectiva. A partir de entonces, las Nélidas y las Silvias, los Emilios y los Héctores y todos los nombres que poblaban aquel pedazo de mundo dejamos en suspenso nuestras pequeñas miserias y viejos resentimientos, nuestros deseos reprimidos y nuestras pobres mezquindades.

Los maestros, profesores y auxiliares acordamos aportar un porcentaje de nuestros deprimidos salarios y ofrecer tiempo para reuniones, comisiones, comitivas, eventos y fatigas de toda clase. Lo que habíamos sido hasta entonces, simples átomos intentando sobrevivir en una sociedad también atómica, cubierta por la sombra de un terror que a veces se mostraba en toda su dimensión y otras apenas se percibía como tenebrosa insinuación, nos habíamos constituido en *nosotros*, una comunión formada en torno de un objetivo compartido aunque alcanzarlo pareciera empresa casi imposible, algo así como la búsqueda del Santo Grial.

Al trasponer la reja de la escuela, nos despojábamos de atributos y saberes para depositarlos en el arsenal con el que libraríamos las batallas que nos esperaban. Porque además de docentes, éramos abogados y contadores; además de padres, empleados, pequeños comerciantes y sindicalistas. También había un Santiago, algo así como un padrino, el vecino de la esquina que además de empresario textil era político vecinal y progresista.

Mientras tanto, la vida en la escuela seguía su curso. Días soleados y lluviosos se alternaban en aquel patio desguarnecido que solía inundarse dejando a los cursos del fondo clamando por alguna forma de salvataje.

En las reuniones de departamentos se decidía el derrotero pedagógico de la escuela. En este caso también la selección de los contenidos a enseñar ponía en tensión a prudentes y audaces. Sin embargo, fuimos capaces de esquivar el pánico porque sabíamos que, después de todo, en el aula éramos sólo nosotros y los pibes.

En cualquier momento se aparecía Susana con su dinámica grupal o Rubén, el otro director de estudios, con la Taxonomía de Bloom. Alguna vez, a cierta supervisora se le ocurrió interrogar a los alumnos de primer año sobre cómo se les enseñaba el origen del mundo y de la vida; otra se mostró escandalizada porque la profesora de psicología incluyó a Jean Piaget, un marxista convicto y confeso, en su programa.

Y el rodillo del mimeógrafo giraba hasta romperse. Que hay que cambiar el tambor de tinta, que este aparato no da para más, que hagamos una rifa para comprar un mimeógrafo nuevo, que ¿ya está impreso el práctico de matemáticas?, que primero debo tirar las evaluaciones. Y los profesores tipeábamos esténcils en nuestras casas y eso nos ocupaba todo el domingo y muchos teníamos horas en otras escuelas y el sueldo que era cada vez más bajo.

Organizábamos fiestas gigantes que duraban todo el día, mezcla de *kermesse*, festival, feria de comidas, rifas varias y juegos de azar que se repetían todos los años. Sucedió varias veces que implacables aguaceros obligaban a trasladar enseres, platos exóticos y parrilla hacia el club vecino, que contaba con gimnasio cubierto.

Artistas consagrados, cercados por la dictadura, se presentaban en el improvisado escenario para regocijo del público que colmaba el lugar y dejaba sus dineros.

Amanecíamos al final de aquellas jornadas tomando mate y desayunando los pasteles que habían quedado sin vender.

Casi derribada la natural barrera que nos separaban, docentes y alumnos jugábamos un truco antes de irnos a dormir.

El lunes se reanudaban las rutinas. Volvíamos a discutir los textos de Paulo Freire y de Iván Ilich, los problemas de las matemáticas modernas y la gramática estructural, la cuestión de los límites y las relaciones asimétricas. Todos los días, verso a verso, a cada llamada del timbre, en cada reunión de departamentos, íbamos escribiendo nuestro propio poema pedagógico.

Un día terminó la dictadura y se fue Valladares después de pasar por la trituradora todos los papeles de Inteligencia en las escuelas. No hubo jabón que pudiera limpiarle las manos «tintas en sangre», como él mismo decía tener.

Pocas cosas habían cambiado en aquel rincón de Munro. Se habían incorporado nuevos espacios y ya no estaba la reja que separaba el patio de la calle. Cuando se pagó la última cuota, Rubén, que a esa altura ya era rector, trepado al paraíso que sombreaba la entrada, auxiliado por dos muchachotes de quinto año, colocaba un pasacalle que rezaba *Esta escuela ya es nuestra*.

Empezaba otra historia pero la que acababa de cerrarse era sólo nuestra, la que construimos cuando decidimos transformarnos en nosotros.

Otoño de 2016, a cuarenta años de mi llegada a esa escuela

Romance del historiador

Lo que sí digo sin vacilación es que sé que si nada pasase no habría tiempo pasado; y si nada sucediese, no habría tiempo futuro; y si nada existiese, no habría tiempo presente. Pero aquellos dos tiempos, pretérito y futuro, ¿cómo pueden ser, si el pretérito ya no es y el futuro todavía no es? Y en cuanto al presente, si fuese siempre presente y no pasase a ser pretérito, ya no sería tiempo, sino eternidad. Si, pues, el presente, para ser tiempo es necesario que pase a ser pretérito, ¿cómo deciros que existe éste, cuya causa o razón de ser está en dejar de ser, de tal modo que no podemos decir con verdad que existe el tiempo sino en cuanto tiende a no ser?

San Agustín

La historia es el único lugar donde consigo aliviarme de esta pesadilla de la que trato de despertar.

Ricardo Piglia

Reitera Canosa, tantas veces como se presenta la ocasión, que Michelet estaba en lo cierto cuando afirmaba que la tarea de historiar consiste en resucitar a los muertos.

Esa convicción aumenta cuanto más tiempo pasa compulsando documentos en los archivos de lo que fuera el núcleo carolingio.

No sólo revisa códices y cartularios, planos, catastros y cuanto registro escrito pasa por su mirada de historiador apasionado. También su avidez recorre los cascos históricos de las ciudades, monumentos y catedrales, calles y aldeas sobrevivientes.

A medida que progresa en sus búsquedas, se acrecienta su comprensión de la vida histórica. Y ese trabajo de reconstrucción avanza en profundidad cuanto más abarcadora se hace su aprehensión del tiempo con su pluralidad de ritmos y duraciones.

Puede Canosa captar los afanes del labriego que espera una buena cosecha, la carrera del mercader hacia la realización de la ganancia, el ocio de los señores cuando no se alzan las picas de la guerra y las oraciones de los monjes según las horas del día; tiempo, en fin, que regulan las campanas de la iglesia como ama y señora de las almas y los cuerpos.

De todo ello escribe Canosa con tal convicción que logra hacer de los lectores testigos cuasi presenciales de dramas humanos ya acontecidos.

No encaja Canosa en los moldes de la preceptiva metódica. La suya es una relación de sujeto a sujeto entre el historiador y el mundo investigado. Y en ese proceso, en tanto madura su oficio y su talento, se van operando en él sucesivas transformaciones. Historiador e historia convergen en la contemplación del pasado como aseguraba el propio Michelet: la historia, con el correr del tiempo, hace al historiador en mayor medida que el historiador hace la historia. Soy hijo de mi libro. Soy su obra. Este hijo ha hecho a su padre.

Acude Canosa al rescate de aquella historia pasada sumergiéndose en sus abismos. Y regresan al mundo de los vivos diversas y sucesivas generaciones de hombres y mujeres.

La tarea es posible gracias al dominio de un tiempo despojado de su condición de devenir inexorable y vuelto materia blanda, sensible a la manipulación del historiador.

Adherido a la urdimbre que él mismo teje y desteje, se va adueñando de los ritmos, transcursos y secuencias, de los lapsos y las duraciones.

Siente Canosa que el regreso a su propia contemporaneidad se le hace cada vez más penoso, pues lo invade un cierto desasosiego, una incomodidad bien distinta al placer que experimenta cada vez que se lanza a bucear en la profundidad de los siglos.

Ha vuelto Canosa a Buenos Aires rodeado de un sólido prestigio y ocupa la cátedra de Historia Medieval de la cual es titular indiscutido.

Sus clases, de hecho conferencias, son largos soliloquios dotados de un fuerte poder evocativo. Es un discurso que provoca en el público la sensación de navegar en una nave del tiempo desde la que se pueden contemplar los más variados paisajes del mundo medieval: la peste devorando la población europea, campesinos roturando la tierra, guerras interminables de caballerías y armaduras, siervos entregando el tributo, brujas, hogueras y celebraciones como salidos de un cuadro de Brueghel.

Al finalizar su clase se pueden escuchar sus pasos alejándose del recinto, pues un hondo silencio envuelve a los presentes, sumidos en una suerte de trance colectivo. Pasa las horas Canosa en largas caminatas cuando no trabaja en el aula y en su gabinete.

En ese deambular por recónditos sitios de la ciudad, va rumiando eventos que se repiten en aquel segmento del occidente europeo: algunas veces conversa con miembros de la cofradía de tejedores de Flandes; otras, discute con los comerciantes de la Liga Hanseática. No en pocas ocasiones mantiene enconadas disputas con algún señor por los abusos en la percepción de las cargas que recaen sobre las gentes sometidas.

Curiosamente, aquellas escenas siempre están «ahí», como imágenes cristalizadas de un perpetuo presente-pasado. Nota entonces Canosa que los instrumentos de medición del tiempo permanecen inactivos, clavadas en un punto las agujas de los relojes y las campanas tañendo siempre la misma hora.

Pero al regresar a su presente-presente, a su ahora mismo, la maquinaria del tiempo vuelve a ponerse en marcha precedida por el estallido de la estridencia ciudadana. Y esa reanudación del movimiento sólo aumenta su malestar y el deseo de sumirse nuevamente en aquella experiencia de eternidad.

Sospecha Canosa que aquello que busca está fuera del tumulto ciudadano. Debe ser otro el ambiente desde el cual pueda eludirse la prepotencia del flujo temporal. Pero, ¿cuáles son sus coordenadas? ¿O acaso se trata de otra cosa que un punto en el espacio?

Recorre Canosa la terminal de ómnibus, punto de partida de todos los itinerarios. Se trata de un desvaído paisaje en el que se ordenan dársenas y ventanillas, vidrieras y bares sin parroquianos. Según las horas, se agregan gentes y equipajes formando efímeros enjambres prontos a deshacerse tras los anuncios que exhalan los altoparlantes. El cansancio y el fastidio parecen ganar la mayoría de los semblantes que no encuentran remedio a la espera.

Mientras aguarda el inicio de uno de sus tantos viajes académicos, pasea Canosa la vista por el listado de localidades que exhiben las empresas, nombres despojados de su histórico origen y de toda resonancia, que sólo indican un destino al que es posible llegar: Chajarí, La Paz, Quitilipi, Tunuyán…

Sentado en aquella cápsula climatizada, Canosa tiene por fin su epifanía. Sin rendirse a los llamados del sueño, siente levitar su humanidad en una nada cada tanto surcada por los destellos de neón, o por alguna desolada estación de servicio. La ruta, una cinta que se despliega al infinito, invita a permanecer en ese estado de relajado suspenso. La monotonía del motor encendido, el alineamiento de cuerpos en reposo, la mente, liberada de imágenes y cavilaciones del fatídico presente, refuerza aquella perpetua quietud que, ahora lo sabe, es la condición necesaria para que se levante ante él el telón de los siglos y los actores lo invitan a subir al escenario.

Canosa ha llegado a La Pampa para desarrollar su seminario. Rehúsa concurrir a agasajos y a toda otra clase de eventos sociales. En sus tiempos libres recorre las cercanías buscando siempre transitar por enigmáticos senderos como los que atraviesan el caldenal, los límites del Parque Luro y caminos de tierra como el que sale de Toay y corre paralelo a las vías del viejo ferrocarril que buscaban el sur.

En aquellos andenes queda paralizado justo a la hora en que el sol tiñe de rojo la retirada del día. En las chapas de un antiguo galpón ferroviario puede leerse Apoye el Segundo Plan Quinquenal. Un par de chimangos da cuenta de los restos de un pichi sobre los durmientes, mientras el Pampero castiga lo que ha sido una columna de señales. Lo mismo le sucede mientras contempla lo que le dijeron fue el prostíbulo de uno de aquellos pueblos.

Y mientras transita estas experiencias, su malestar desaparece y reanuda el diálogo con señores y siervos de la gleba.

Quizás debido a eso, opta Canosa por seguir trabajando en aquella universidad, desde donde además puede partir y regresar sin mayores inconvenientes.

Y si al principio llama la atención, dentro de los claustros, aquella obsesiva adicción a los viajes, ese extraño comportamiento de llegar por la mañana y partir al anochecer sin que cosa ni persona alguna pueda retenerlo, la fuerza de la costumbre hará luego que nadie pregunte más nada.

Llave en mano de los portones del tiempo, cree Canosa haber levantado el dique que contiene el devenir dejando todo futuro en suspenso. Pero ocurre que al descender de los rodados y cruzar la primera calle, el ritmo de la vida vuelve a ponerse en marcha, el tic-tac de los relojes, los gemidos de los amantes, la vociglería de los feriantes, el aroma del pan recién horneado, los bombos y redoblantes de la protesta y la multitud de voces que se escuchan o adivinan en las oficinas, las mesas de café y los salones de clase.

Se le hace imperioso entonces reforzar toda forma de sujeción a ese tozudo discurrir del movimiento. Al hábito de los transportes nocturnos y los paseos por caminos desiertos suma Canosa las estaciones de ómnibus, los pueblos fantasmas y los ambientes anodinos de los hoteles, aunque estos últimos son rápidamente abandonados no bien se insinúa una cierta familiaridad en el trato. Entonces adopta las terminales como sus lugares de compostura y aseo, y donde puede proveerse además de aquella comida rápida que deglute en soledad frente a televisores que reiteran sin piedad la amarilla novedad de la semana.

Progresivamente, su vida de relación va quedando circunscrita a sus conferencias. Y es eso precisamente lo que lo mantiene vinculado al mundo: sus clases no pueden sortear esa relación que siempre se establece entre un narrador y su audiencia. No es sólo el contenido, la historia en sí misma. Hay una corriente que circula por el lenguaje, entonaciones, pausas y expectativas que generan un clima. Algo que envuelve al hablante tanto como a los escuchas. Y es ese clima lo que lo sigue anclando a su coetaneidad. Probablemente por eso sus exposiciones se van poblando de expresiones extrañas para la gente que lo escucha.

Nota Canosa que un comentario hecho en latín parece perderse en el vacío. Lo mismo sucede cuando trae a colación la *Historiae Francorum* de Gregorio de Tours:

Hanc Chlodovechus rex confessus, ipsus hereticos adiuturium eius oppraesset regnumque suum per totas Gallias dilatavit; Alaricus hanc denegans, a regno et populo atque ab ipsa, quod magis est, vita multatur aeterna. Dominus autem se vere credentibus, etsi insidiante inimico aliqua perdant, hic centuplicata restituit, heretici vero nec adquerunt melius, sed quod videntur habere, aufertur ab eis. Probavit hoc Godigisili, Gundobadi atque Godo-mari interitus, qui et patriam simul et animas perdiderunt. Nos vero unum atque invisibilem et inmensum, inconpraehensibilem, inclitum, perennem atque perpetuum Dominum confitemur, unum in Trinitate propter personarum numerum, id est Patris et Filii et Spiritus sancti; confitemur et trinum in unitate propter aequalitatem substantiae, deitatis, omnipotentiae vel virtutis; qui est unus summus atque omnipotens Deus in sempiterna saecula regnans.

Ahora ya no se trata de incursiones esporádicas a las que nadie presta demasiada atención. Clase tras clase, las bárba-ras entradas, ya convertidas en franca invasión, van copando párrafo a párrafo todo el edificio del discurso hasta hacerlo traspasar los confines de las épocas.

Advierte Canosa la creciente inquietud que invade a los asistentes. Los rostros buscan en otros rostros confirmar si de verdad ocurre lo que están oyendo. Como nadie osa retirarse, aquellas caras de barbillas alzadas y ojos abiertos de asombro giran en demanda de alguna clase de explicación.

Recita Canosa fragmentos de la *La Chanson de Roland*, pero su voz ya no se siente provenir del sitial de la cátedra sino del coro de Notre Dame:

> Carles li reis, nostre emperere magnes
> Set anz tuz pleins ad estet en Espaigne:
> Tresqu'en la mer cunquist la tere altaigne.
> N'i ad castel ki devant lui remaigne;
> Mur ne citet n'i est remes a fraindre,

Fors Sarraguce, ki est en une muntaigne.
Li reis Marsilie la tient, ki Deu nen aimet;
Mahumet sert e Apollin recleimet:
Nes poet guarder que mals ne l'i ateignet.

Y ya no hay retorno a la comunión de la lengua.

Continúa Canosa dando sus conferencias en aquella universidad porque, como suele suceder con las fuertes personalidades académicas, nadie en aquella casa de estudios se anima a cancelar el contrato del laureado historiador. Pero claro, la decreciente asistencia a sus exposiciones (de un público más curioso que genuinamente interesado) aconseja el desplazamiento del escenario hacia un aula secundaria de la facultad de humanidades.

Sin embargo, siempre llegan visitantes dispuestos a presenciar las clases que el medievalista sigue dictando en antiguas lenguas romances. Puede tratarse de investigadores de pasados históricos o latinistas a la expectativa de obtener una nueva orientación para sus búsquedas, o de turistas quejosos del escaso atractivo que les ofrece la capital de la Provincia.

Al igual que los fieles menonitas que frecuentemente circulan por Santa Rosa, la escuálida figura del profesor puede verse a bordo de un ómnibus que parte o que llega, o mascando un pobre sándwich frente al televisor de la estación terminal.

También se lo ha visto andando por tortuosos caminos rurales, envuelto en una nube de polvo, en compañía de los cardos rusos que empuja el viento.

Y muchas tardes, a la caída del sol, los cazadores furtivos suelen divisarlo caminando por las calles de Naicó o parado inmóvil en el andén de la estación Cachirulo, como esperando el tren que va para Bahía.

Invierno de 2015

Réquiem para un hombre poco importante

cada vez que abro una puerta
la alegría de vivir
no tiene que ver conmigo

Luis Luchi

Oscar, el último vecino en sacar una silla a la vereda y sentarse a tomar mate, no salió aquella mañana ni la otra ni las que le siguieron.

Desde aquel día, Rugilo permaneció quieto y en silencio junto a la puerta de entrada con la cabeza apoyada en las patas delanteras. En el aire casi inmóvil del verano inminente, quedó rebotando por toda la cuadra aquel desparpajo estridente y socarrón.

¡Buen día, doña Elvira! ¡Por esa bolsa tan cargada se nota que anda con plata!

¡Qué cuenta Vicente!, ¿otra vez a la farmacia? ¡Usted sí que le da de comer al boticario!

Fíjese como la Isabel cruza la calle para no tener que saludarme. Guárdese el chumbido Rugilo, no fuerce la garganta que después se me queda afónico.

Mire cómo sonríe el Ramón, más falso que moneda de cobre. Veo que también usted le olfateó la índole, Rugilo.

Arrímese, don, ¿gusta un amargo? ¿Anda paseando o haciendo mandados?

Y yo, qué quiere que le cuente ahora que estoy jubilado. Si ya ni jugar a las bochas se puede. Antes, por lo menos estaba «Los Ombúes», la sociedad de fomento, ¿se acuerda?; pero usted vio que la tapiaron y empezaron a hacer departamentos; habrán adornado algún funcionario o hecho alguna matufia por el estilo, ¡quién sabe!; siempre se arreglan las cosas cuando hay plata. No sé de qué se extraña, don. ¿Si no se pudo hacer algo para impedirlo? ¿Quién lo iba a hacer? ¿Los cuatro borrachines que seguíamos yendo? ¿O los pobres viejos del centro de jubilados? Así que nos mudamos a El Buzón y de ahí también nos corrió la hija del dueño que tiene más humo que telegrama de indio, como escuché decir en la radio, porque dice que va a poner un «restó» de esos medio pitucos. Sí, como le digo, ¡aquí en este barrio! Mire si no es para reírse. La cuestión es que tampoco hay ahora un lugar donde tomarse un vino.

Cuando estaba la patrona era otra cosa. Hablábamos, aunque más no sea del tiempo, de los chismes del barrio, de las plantas que vienen lindas este año, de lo caros que están los tomates… y pavadas como esas, ¿vio? Y si no hablábamos me daba igual porque yo sabía que ella estaba ahí. Pero un domingo fui a llevarle el mate a la cama y me encontré con que la pobre se había ido… así como si hubiera decidido seguir durmiendo. ¡Lo que son las cosas…! ¿Usted me comprende, don, si le digo que hasta el día de hoy sigo sin poder creerlo?

Mire, ahí viene el canilla. Fíjese a qué hora hace el reparto.

¡Che Fatiga! ¡Pedaleá más fuerte que el diario de hoy lo vas a entregar mañana…! Sí que tomé vino. Y vos sólo tomás agua, ¿no?

Sí, la verdad es que me gusta el vino, pero como dice el tango, «a nadie provoco ni obligo jamás…»

¿Vio ese pasacalle que quedó después de las elecciones: «Tancredi, un hombre de confianza». Eso es tomarle el pelo a la gente. ¡Qué quiere que le diga! Resulta que este fulano le chupaba las medias al intendente. Cuando la mano vino fea, se pasó a la contra que tenía más chances. Como esa también se vino abajo, terminó sobándole el lomo al que finalmente ganó la elección. ¡Como para tenerle confianza! ¡Hay que ser caradura! ¡No sé cómo se puede ser tan cabrón y no caérsele al tipo la cara de vergüenza!

Me acuerdo de un jefe de comité que había en mi pueblo (esto fue hace una punta de años). Como los correligionarios sospechaban que lo habían comprado, le marcaron el voto en una elección y resultó que había votado a la contra. Lo corrieron a tiros hasta la estación y no lo dejaron salir hasta que se subió al tren. Y no apareció nunca más. Pero ahora es bicho raro el que no ha sido tránsfuga alguna vez. Se nos ríen en la cara y a nadie le importa un pito. Así anda el país.

Le voy a decir algo y espero que no se ofenda por las malas palabras, pero no se me ocurre decirlo de otra forma para que me entienda.

Imagínese que en su casa se empieza a sentir olor fulero, cada vez más fuerte. Y usted entonces, ¿qué hace? Llama al que se ocupa de mantenimiento para ver de qué se trata. El hombre lo primero que hace es levantar la tapa de inspección ¿y qué pasa? ¡Era la cloaca tapada nomás! ¡Qué le dije! Fíjese como flotan los soretes.

Inmediatamente, por orden suya, el trabajador procede a liberar el caño tapado para que todo vuelva a la normalidad. ¿Me sigue?

Bueno, ahora piense que pasaría si usted decide dejar todo como está y en vez de solucionar el problema prefiere hacerse el otario y disimula la baranda echando desodorante de ambientes.

Bueno. Ahora haga de cuenta que por todos lados se siente un tufo cada vez más insoportable. Alguien destapó la cloaca y la mierda está a la vista de todo el mundo.

Y entonces usted va y prende el televisor porque quiere saber cómo es este asunto. Y aparece un jetón y dice que esto viene de antes, que vaya a saber desde cuándo se han tapado las cloacas. Y otro que le agrega que el responsable habría sido un comando venido de quién sabe dónde arreglado con la oposición, y así de seguido. La cuestión es que los soretes siguen ahí, flotando lo más tranquilos.

Pero la gente se acostumbra a vivir así y termina creyendo que eso es lo normal. Eso sí, después se quejan de lo caro que está el desodorante de ambientes.

Para mí que es la televisión lo que le seca el seso a la gente. Por eso prefiero escuchar la radio. La televisión es puro chisme y alcahuetería. Una vez se descompuso el aparato y ahí quedó. Un día de estos lo pongo en la calle para que se lo lleven los cirujas.

¡Espérese doña Juana que le alcanzo la maceta con el laurel que le prometí…!

Sí, ya sé que le dije que le iba a pintar la reja del patio… Cualquier día de estos voy para su casa. Y acuérdese de mí cuando haga el tuco ese que le sale tan rico.

De vez en cuando hago una changa de pintura, pero soy albañil de profesión. Lo invito a ver el baño que hice en la otra cuadra, con azulejo y todo, por si no me cree… ¿Y estas manos? Mírelas y diga si no son de albañil. Es la cal que se le pega a uno en la piel y en la lengua y le hace querer tomarse un vino con soda cada tanto.

¡Pucha si es bravo el trabajo de albañil! ¡Lo quiero ver en los inviernos de antes levantando paredes en medio de la escarcha! Porque no me va decir que estos de ahora son inviernos… Pero a mí me gustaba… los asados de obra…, el festejo que se hacía cuando se terminaba de colocar el techo… esas cosas… Y había mucho trabajo entonces. Y se pagaba bien. Por eso me vine de chico. De Quiroga…, ¿conoce Quiroga? Si va por la ruta 5, entra a Carlos Casares y se mete en la 50. Queda en el partido de 9 de

Julio. Sí, como tranquilo es tranquilo nomás. Pero éramos como diez en la familia y comíamos por turno… Me dan risa esos que hablan de la paz y la felicidad del campo y no saben lo que es cagarse de hambre… Así que un día me subí a un carguero y me vine nomás para Buenos Aires. Hice de todo en las obras: peón, medio oficial, oficial. Y ahí ya me puse por mi cuenta.

Y dejé el cuero para hacerme la casa. Primero, el terreno, no me acuerdo en cuantas cuotas. Seguí con las paredes y tuve que llamar a unos muchachos que conocía para que me ayudasen con el techo. No bien le puse las aberturas nos metimos adentro con la patrona… Años tardé en terminarla. Y aquí la ve: con el jardín adelante y la quinta al fondo. No hay una gota de humedad con los años que ya tiene. Pero cuando uno martilló el último clavo y colocó el último mosaico, se mira al espejo y cae en la cuenta de que se quedó medio pelado o se llenó de canas, que cada vez le cuesta más cargar una bolsa de cemento, que resulta que tiene como tres hernias de disco, que el peón que lo acompaña lo entra a mirar de reojo ¡Linda la casa!, pero ¡qué quiere que le diga! Si se me apareciera de pronto Satanás le firmo lo que quiera a cambio de una pieza en la pensión con un calentador a alcohol y treinta años menos. Total, el Rugilo y yo nos arreglamos con poco. Ahora, si además pudiera ser con la patrona en el catre, mucho mejor.

Y no vaya a pensar que no hice el intento: ¡véngase mandinga que ando queriendo negociar con usted! Lo convoqué varias veces, pero no me ha llevado el apunte. Capaz que no es negocio tratar con gente como uno. Ahora, vaya a saber cuánto se cotiza en el infierno el alma de tantos malandras, especialmente los que son autoridad. Digo yo. ¡Quién sabe!

Una bandada de cotorras pasó en silencio hacia el oeste como anticipando lo que todos barruntaban.

El aire funeral fue cubriendo el barrio y se posó en la verdulería de enfrente. *Oscar se murió el lunes pasado. Unos dicen que de un infarto, otros de neumonía y nunca falta el jodido que asegura que fue de puro curda*, informó el verdulero.

¿Vio como aparecieron los parientes ahora que hay algo para repartir. Ya limpiaron el jardín y pusieron el cartel de venta. Hasta el Rugilo les facilitó las cosas yéndose con su patrón como todo perro de ley.

Doña Juana olvidó el changuito y salió murmurando: *qué pena que te hayas muerto Oscarcito, ¡qué pena tan grande!*

Verano de 2016

Los regresos de Bonifacio

Pero ahora el tiempo corrió más pronto, adelgazando sus últimas horas. Los minutos sonaban a glissando de naipes bajo el pulgar de un jugador. Las aves volvieron al huevo en torbellino de plumas. Los peces cuajaron la hueva, dejando una nevada de escamas en el fondo del estanque. Las palmas doblaron las pencas, desapareciendo en la tierra como abanicos cerrados. Los tallos sorbían sus hojas y el suelo tiraba de todo lo que le perteneciera. El trueno retumbaba en los corredores. Crecían pelos en la gamuza de los guantes. Las mantas de lana se destejían, redondeando el vellón de carneros distantes. Los armarios, los vargueños, las camas, los crucifijos, las mesas, las persianas, salieron volando en la noche, buscando sus antiguas raíces al pie de las selvas.

Alejo Carpentier

La despedida de Bonifacio fue verdaderamente emotiva. Mucho más que las que habitualmente se hacen a los que se jubilan como empleados del Ministerio.

Es que Bonifacio era querido y respetado, sobre todo por su bonhomía. Nadie nunca le oyó hablar mal de nadie; más bien al contrario, todos recuerdan haber recibido alguna mano de su parte en lo que tenía que ver con los intricados vericuetos de la burocracia ministerial. Nadie pudo señalarle jamás haber tenido conductas dudosas respecto de su condición de empleado público. Los más maliciosos aseveran que esa fue la razón por la que Bonifacio nunca pudo pasar de la modesta posición que había alcanzado en el escalafón.

Traspasó por última vez la puerta de la que había sido su oficina llevando consigo, además de la medalla de rigor, varios obsequios y augurios de merecido descanso.

La familia y el barrio lo recibieron con beneplácito. Ahora podía almorzar en casa, hacer largas caminatas, pararse a conversar con los vecinos, jugar dominó y dormir la siesta; hacer, en fin, lo que le diera la gana.

Aquella libertad recuperada y el hacerse dueño de su tiempo se revelaron ilusorios con el pasar de las semanas. El ocio rutinario no le deparaba satisfacción alguna, el ambiente hogareño de televisor encendido era la consagración del tedio y nada había en las monotemáticas charlas de barrio que lo pudiera alejar del aburrimiento.

Comenzaron a escasear las llamadas de amigos y compañeros de trabajo. Sólo de vez en cuando alguien se acordaba de un aniversario, de mandar un saludo, un cómo anda tu salud, un cuídate.

La exención de obligaciones y el estar al margen de los conflictos lo ponía de cara a su absoluta prescindibilidad. No iban dirigidos a él los anuncios publicitarios ni las encuestas. Tampoco se sentía incluido en las reivindicaciones gremiales, y los discursos de los políticos dirigidos a los de su condición sonaban oportunistas y demagógicos.

Le provocaba tristeza el abrir su placar y encontrarse con las corbatas que ya no volverían a usarse debidamente alineadas, al igual que sus trajes, uno por cada estación, sumados al del casamiento, que se resistía a ser desalojado.

Por primera vez experimentó la fugacidad del tiempo, la huida de los días, las semanas y los meses en una espiral hacia la nada.

De a poco fue abandonando las conversaciones vecinales y las largas caminatas. Prefería quedarse a solas con su desasosiego en el galponcito de la terraza en el que pasaba largas horas con el pretexto de poner orden en el trasterío.

Fuentes, indicios, documentos, objetos materiales o mentales con que los historiadores se valen para descifrar algún pasado, son también los objetos que interpelan los individuos para reconstruir su propia historia. Están ahí, en altillos, desvanes o rincones donde se amontonan las cosas en desuso, también en los armarios y estantes, en los álbumes de fotografías pero, sobre todo, en la cabeza de la gente, en esa facultad de recuperación que llamamos memoria. Pero para que sean documentos, para que adquieran el atributo de fuentes deben ser interrogados, tienen que someterse a las preguntas, qué, cómo, cuándo…

Ante la mirada escrutadora de Bonifacio aquellas cosas volvieron a cobrar vida: colecciones de revistas de historietas celosamente conservadas: *El Tony, El Gorrión, Misterix, Rayo Rojo*, también *El Gráfico, Mundo Infantil* y *Mecánica Popular*; un chasis de radio con sus zócalos y válvulas, el plano del aparato y el soldador eléctrico de cuando intentó ser radiotécnico siguiendo un curso por correspondencia que abría las puertas de una profesión independiente y de una vida holgada como a toda página se prometía en Patoruzú; un programa de cine anunciando la proyección de *De aquí a la eternidad* de una función de domingo; una libreta de ahorros; una foto autografiada por los músicos de la orquesta de Pugliese el día que le tocó actuar en el club; un cuadro con el equipo del Deportivo Morón el año que ascendió a la Primera C de los torneos de AFA; su primera máquina de escribir, una Remington Rand de los años treinta comprada en interminables cuotas al dueño de un taller de la calle Reconquista.

¿Cuántas veces había soñado ser el muchacho que a la invocación de Zhazam se convertía en el Capitán Marvel o cabalgar como Colt Miller, el Justiciero, y también con ser Mandrake para deslumbrar a todos con sus pases de magia? ¿Por qué abandonó esos y todos los sueños que siguieron? ¿Por qué no hizo esto e interrumpió aquello? ¿Por qué se retiró sin dar pelea? ¿Por qué no reaccionó ante la ofensa? ¿Por qué reculaba ante cualquier incerteza? ¿Por qué, en fin, terminó siendo un ateo de sí mismo?

Y en la medida que se preguntaba todas estas cosas, volvía a encenderse en su interior la llama reprimida de la rebeldía. ¿Qué le impedía volver a soñar si ya no había nada que preservar tras su expresión de complaciente mansedumbre, que lo había acompañado durante décadas? Ya no corrían peligro la diaria supervivencia ni la educación de los hijos.

Una nueva convicción se fue abriendo paso en el oscuro refugio de la terraza: lo que por fin había llegado era un tiempo de reparaciones, de un nuevo comienzo y no el tiempo del retiro, como habían querido hacerle creer.

Desempolvó un viejo portafolios de cuero con dos bolsillos exteriores y lo fue llenando con objetos que serían los insumos de un itinerario cuidadosamente planificado.

Al otro día, durante el desayuno, Bonifacio anunció a su mujer que tenía unos trámites que hacer en el Centro, que no lo esperara para el almuerzo, que quien sabe a qué hora se desocuparía con las colas interminables que hay que hacer para todo, que comería alguna cosa por ahí, que trataría sí de evitar fiambres y embutidos, que había que tener cuidado con la sal, que una ensalada bastaría, que mejor ya salgo porque si no, no llego.

Abordó como pudo el tren dejándose llevar por la presión humana que buscaba ganar el interior a fuerza de codos y pechazos. A manera de escudo, Bonifacio apretó el portafolio contra su pecho llamando la atención del pasajero apretujado a su lado: yo tenía uno igualito cuando iba al colegio.

Prefirió caminar unas quince cuadras que lo separaban de su primer destino. Con paso firme y segura determinación llegó al 600 de la calle Billinghurst. Hay ahí una marroquinería. Un solícito vendedor se le acercó exhibiendo una sonrisa un tanto socarrona: el señor seguramente querrá renovar su portafolio. No vine a renovar mi portafolio, lo que quiero renovar es mi inscripción al curso de radiotécnico, contestó algo molesto Bonifacio. No sé de qué me está hablando. ¡Yo creo que sí sabe y se está haciendo el distraído! El vendedor entró a mover la cabeza buscando auxilio. Se fueron acercando otros vendedores y el encargado del local: que el señor está equivocado, que aquí no hay lo que busca. No conocemos ningún Radio Instituto. ¡Ah no! ¡Y esta dirección que está en la revista!, dijo airado Bonifacio, blandiendo el *Patoruzú* y mostrando la página con el aviso.

Nuevamente en la calle, el otrora manso empleado ministerial apenas contenía su indignación por tamaño maltrato y falta de respeto. ¿Acaso no enviaba y recibía correspondencia a esa calle y ese número? ¡Atorrantes! Seguro se fugaron con la plata de las cuotas. Y estos son sus cómplices y están haciendo de tapadera.

Una vez recompuesto, Bonifacio encaró sus pasos hacia el oeste rumbo a la plaza del Congreso. El calor de febrero ya se hacía sentir, mucho más cuanto la gente como él seguía creyendo en la vestimenta formal cuando se trataba de salir de casa. Sin embargo, insistía en seguir caminando. En las inmediaciones de Córdoba y Callao entró al bar al que solía concurrir cuando tuvo un trabajo por ahí. Reconoció en el mozo que se acercaba al mismo que lo atendía entonces. ¿Cómo anda, Indalecio? ¿Indalecio dijo? ¿Claro, hombre, ya no se acuerda de mí? El mozo observó la frente transpirada del cliente, sus ojos enrojecidos por la canícula y, ¡dale que va! ¡Pues claro! ¡Y como está usted! ¡Con calor, hombre, con calor! ¿Le traemos algo fresco entonces? Una Bidú bien helada. ¡Ah no!, de eso no tenemos. ¿No me diga que tampoco tienen naranja Bilz? Tampoco, ¿sabe qué pasa? Recién llegaron los cajones y no alcanzamos a ponerlos a enfriar. Le puedo ofrecer una Coca-Cola bien fresquita. Está bien. Es lo que siempre digo, esta invasión de productos extranjeros va a terminar acabando con la industria nacional.

Ya el sol del mediodía estaba a punto de acabar con su empecinamiento en andar de a pie cuando atravesó la entrada de la Caja de Ahorro y Seguro. Como no sabía bien a donde debía dirigirse, se acercó a la mesa de informes. Sacó de su portafolio la libreta de ahorros rescatada del trastero y preguntó dónde podía cobrar el importe de aquellas estampillas. El empleado, entre asombrado y risueño, le señaló una de las cajas y a ella se dirigió Bonifacio. Buen día, qué se le ofrece… Quisiera cambiar estas estampillas por el monto correspondiente. El cajero miró a Bonifacio, que permanecía impasible, y luego a los compañeros que se lo habían mandado, seguramente adrede. Alcanzó a ver como llevaban su mano a la boca para no soltar las carcajadas: ¿Usted me está tomando el pelo, señor? ¿Acaso me ve cara de tomarle el pelo a alguien? ¿No se da cuenta que pide algo imposible, que esto ya no corre? ¡Quiero mi dinero!, alzó la voz como para llamar la atención de empleados y circunstantes. ¿Y no querrá cobrar en dólares por casualidad?, replicó fuera de sí el desmadrado cajero. ¡Quiero hablar con el gerente!, demandó Bonifacio. Primer piso a la derecha, que pase el que sigue…

El gerente, hombre entrado en años con aspecto de acreditar larga experiencia en eso que llaman relaciones humanas y trato con clientes, miró largamente al hombre sentado frente a él, cuyo enojo parecía a punto de estallar.

¿Me permite su libreta?, dijo amablemente. Bonifacio le alargó el motivo de la discordia y el funcionario la observó con atención. Una joya verdaderamente y está entera y completa. Así es señor, siempre he tratado de ser prolijo y cuidadoso con los elementos que entrega el Estado. La Caja le ofrece cien pesos, ¿está usted de acuerdo? Me parece razonable, repuso Bonifacio. Acto seguido el gerente sacó de su bolsillo un billete y lo entregó al demandante. ¿Debo firmar algún recibo? No es necesario, con la libreta es suficiente. Veo que usted es un caballero, le pido disculpas por el tono empleado pero es que…No tiene que disculparse. Los muchachos de ahora todavía no aprenden a tratar con la gente, dijo y lo acompañó hasta la puerta, ¡Que siga usted bien!

Con aire de satisfacción cruzó nuevamente la plaza y siguió por Callao. Tenía hambre y la ocasión ameritaba una pequeña transgresión, de modo que entró a La Americana y dio cuenta de sendas porciones de pizza con fainá a las que sumó una generosa copa de vino moscato.

Al salir, jóvenes de remeras y globos amarillos lo invitaron a acercarse a una mesa presidida por la imagen de su jefe político: gracias muchachos, declinó Bonifacio, pero yo adhiero al radicalismo. ¡Ah, bueno! si usted es radical compartirá con nosotros… no me confundas con los radicales Del Pueblo. Soy Intransigente, de la línea de Moisés Lebensohn y Frondizi es su heredero. Vendrá a reunir nuevamente a los argentinos y a terminar con la entrega al capital extranjero. Por eso la juventud está con Arturo. Y sin esperar la réplica siguió su camino.

Al llegar a Paraguay las piernas dejaron de responderle, razón por la cual abordó el 132 y bajó en Retiro. Se acercó a la boletería y pidió un pasaje a San Miguel ida y vuelta en segunda clase. El boletero no se molestó en contestarle y le expidió el ticket. Una vez en el tren buscó inútilmente los asientos de pinotea y terminó acomodándose donde pudo. La hora que duraba el viaje fue la oportunidad para una siesta reparadora mientras se aproximaba al cumplimiento de la misión más delicada que se había propuesto para ese día.

Sólo unas pocas cuadras tuvo que andar hasta dar con la vieja casa cuya puerta de madera, alta y oscura, seguía preservando el recato que siempre tuvieron sus moradores. Una simpática morocha le franqueó la entrada después que el hombre con cara de bueno le anunciara el propósito que lo traía, dejando ver el ramo de flores que había comprado al pasar por la plaza.

Mientras lo acompañaba le adelantó el cuadro con que iba a encontrarse y le aconsejó que hablase pausado, porque ella entiende, ¡hay que ver cómo entiende!

¡Doña Ana tiene visita!, anunció la chica. Y mire qué lindas flores. Ya mismo las pongo en agua.

Ana se hamacaba en la mecedora con la mirada fija en un punto lejano. Sus ojos seguían siendo de un azul intenso y su trenza, otrora de oro, deslizaba su blancura sobre uno de sus hombros.

Bonifacio tomó su mano: Anita, perdoname la tardanza en venir a verte. Es que anduve muy… ¡qué sé yo! ¡Qué interesa decir en qué anduve! Pero ya ves, estoy aquí. Nunca lo hice antes porque temía tu respuesta pero eso ya no importa, al menos quiero que lo sepas de mis labios. Vine a decirte lo mucho que te quiero, que no hay día que pase sin que tu imagen se me aparezca diáfana aunque con un dejo de reproche. ¡Claro!, porque tardé en darme cuenta que esperabas mi palabra, que esperabas mi mano enlazarse en la tuya para sellar nuestro pacto de amor y proclamarlo a los cuatro vientos. Quiero que sepas que estaré siempre a tu lado, de aquí a la eternidad como la película que vimos el domingo, que iremos juntos a donde nos lleve la suerte, que juntos estaremos en las malas y en las buenas, que no habrá nada ni nadie que pueda separarnos, ni causarnos enojo, ni… la voz del hombre se quebró por la emoción, la mecedora se detuvo, los ojos de Ana se abrieron como queriendo atrapar toda la luz de la tarde y su mano se cerró en la mano que la sostenía.

Así permanecieron hasta que la muchacha anunció que ya era hora. Bonifacio volvió a la calle, pletórico de felicidad.

De nuevo en Retiro caminó por el Bajo y a la altura del Luna Park subió por Corrientes. En la marquesina del Tabarís pudo leer «Viernes de Tango». Si es tango seguro que se trata de Pugliese, dedujo Bonifacio, y sin pensarlo dos veces encaró para la boletería. Justo en el momento en que se disponía a comprar su entrada, sintió gritos y alcanzó a ver la corrida. Una avalancha humana lo empujó hasta las puertas de la sala. Era una encerrona. A puro bastonazo la guardia de infantería se abrió paso entre aquella gente. Se escucharon gritos e insultos. ¡Tranquilos compañeros, no dejemos que se lleven a nadie! ¡Bien dicho! −apoyó Bonifacio sacudiendo con el portafolio a falta de arma más contundente− ¡No se llevarán a nadie y mucho menos al maestro! Arreciaron los palazos hasta que el humo de los gases cubrió el hall de entrada. Bonifacio se dobló por un golpe en las costillas y sintió como lo arrastraban hasta el camión que esperaba en la calle.

Amanecía cuando un agente lo sacudió sacándolo del sopor en que había caído en aquel calabozo. En la guardia le devolvieron su portafolio y documentos: vaya nomás y no vuelva a meterse en líos.

El hijo mayor lo tomó del hombro y lo fue llevando despacio hacia la salida: Vamos viejo, que mamá está esperando preocupada. Bonifacio sonreía. En la vereda, el sol de la mañana iluminó su rostro juvenil y magullado. Viejo, ¿estás bien?, ¿Me podés contar qué pasó, qué fue lo que hiciste?

Se quisieron llevar a Osvaldo. ¡Cualquier día se lo van a llevar! ¡Cualquier día!

Otoño de 2016

López en la biblioteca (el asedio)

Era un joven de veinte y cinco años, hijo de la revolución, que en su fisonomía árabe y en sus ardientes ojos negros revelaba la seriedad de su carácter, la fineza de sus convicciones y la energía de sus pasiones. Dotado de un espíritu eminentemente filosófico e investigador, había hecho vastas lecturas, y se inclinaba siempre a contemplar la razón de los hechos, de los sucesos y de los principios despreciando las formas y las exterioridades. Pero su ilustración política y literaria no estaba dominada aún por un criterio fijo, que diera claridad a sus juicios y a su expresión, y ese era entonces el achaque general de todos los escritores progresistas, porque las nuevas ideas no entraban todavía en una evolución científica, en las naciones del antiguo régimen en Europa y en América.

José V. Lastarria

Sin palabras. Un gesto. No escribiré más.

Cesare Pavese

La voz de don Vicente se alza para repasar los últimos párrafos de la autobiografía que acaba de escribir. Las palabras, como pronunciadas desde el interior de una caverna, resuenan ásperas y graves en la quietud del recinto:

Este ha sido el testimonio de Vicente Fidel López, hijo de la bienamada Buenos Aires, nacido con la revolución; hijo también de Vicente López y Planes, creador de la marcha patriótica que hoy se canta en todas las escuelas y rincones del país. Abogado, publicista, novelista e historiador que formó parte de la generación de la joven argentina y, como tal, enemigo acérrimo del tirano Rosas. Vivió expatriado en Chile y en el Uruguay. Nuevamente en su patria, fue ministro de su padre, rector de la Universidad de Buenos Aires, diputado nacional y ministro de Hacienda.

Combatiente de la palabra, su obra mayor es la Historia de la República Argentina, su origen, su revolución y su desarrollo político hasta 1852.

Sirvan estas páginas para que los hombres de hoy y del mañana sepan cómo ha sido la vida de un hombre de noble cuna transcurrida en el siglo que dio a luz una nación independiente.

Es tarde de domingo y ya se han marchado Carmen, Fidel, Alberto, su mujer y sus niños; también se han ido Ema y los hijos de Lucio, que suelen visitarlo más seguido. Sólo la escasa servidumbre cubre apenas la casa de la calle Santa Fe en la que sólo se escucha el ruido de los últimos carruajes regresando de las quintas.

Las llamas del hogar desafían el frío y la penumbra que invade la biblioteca, fantasmagórica formación de cuero y madera que amaga venirse abajo en silencioso derrumbe.

No siente López esa satisfacción que en otros tiempos lo embargaba al finalizar una de sus obras, como tampoco lo invade la ansiedad por ver su nombre impreso en la portada de un libro. Más bien quisiera dejar de hojear tanta vida pasada y pensar en otra cosa… ¿Cómo qué, por ejemplo? ¿El futuro? ¿Qué porvenir puede imaginar este anciano patricio que a duras penas se interesa por su correspondencia, por llevar ordenado su patrimonio o por seguir alguna recomendación del editor Casavalle?

Sólo quiere pensar en algo que lo distraiga de ese abrumador desasosiego, que haga ceder al insomnio que refuerza su angustia, que espante esa jauría de imágenes que todos los días, al caer la noche, retoma el asedio que le hace más difícil aún sobrellevar la existencia.

Sí, claro, de eso se trata, de arrancar de la memoria la visión de Lucio, el primogénito, unas veces avanzando decidido a ocupar su lugar en la palestra; otras, Lucio, el elegido, saludando desde la cubierta antes de partir a la conquista de Europa; otras más, Lucio, el predestinado, colocando los últimos ladrillos de la república. Y siempre la visión de Lucio, abatido por el absurdo.

También pudiera ser, desea para dar con el remedio que busca, volver a experimentar el fervor por los libros que siempre lo acompañó hasta el fatídico 28 de diciembre de 1894.

Recorre las estanterías a la espera del mágico conjuro que haga revivir su entusiasmo con sólo pronunciar los nombres estampados en oro en los lomos de aquellos ejemplares encuadernados en cuero y prolijamente alineados en cada uno de los anaqueles. Una vez más, el índice, como respondiendo a un mandato taumatúrgico, se posa en Hugo y Lamartine, Saint-Beuve y George Sand, Delavigne y Dumas, Quinet y Michelet. Sobreviene entonces el recuerdo de juveniles disputas verbales, tan inútiles como apasionadas, mientras un rictus de autoindulgencia se dibuja en su rostro:

Me parece detestable esa moda de pretender clasificarlo todo porque, vamos a ver, ¿cómo escindir la filosofía de la historia, el puro pensamiento de la acción humana, el *factum* del fundamento último? ¿Y qué decir de extrañar la historia de las bellas letras como sugiere más de un ramplón a la moda, seguidor a ultranza de los que quieren equiparar el conocimiento de la historia con las ciencias de la naturaleza? ¿Acaso el heroísmo, la sangre vertida en los campos de batalla, el grito revolucionario pueden comprenderse sin sentir emoción, entusiasmo, escalofríos ante el relato de fusilerías y degüellos, o al menos cierta empatía con el discurso y la acción de algunos de nuestros prohombres? Es más, también la poesía. Quién como mi padre fue capaz de inflamar las venas patrióticas cuando hizo gritar a su pluma «¿No los veis sobre México y Quito arrojarse con saña tenaz y cual lloran bañados en sangre Potosí, Cochabamba y La Paz?

Bien dijo alguien que somos los libros que hemos leído. Palabras que van y que vuelven, que se combinan y enmarañan en el océano infinito de tinta y papel. La gente muere, las palabras no. Cuando se pronuncian quedan flotando en el aire, allí se condensan y vuelven como la lluvia, a veces en las páginas impresas, otras en las incontables formas de los intercambios humanos, y otras más en las derivas de las memorias.

Soy todos estos libros, musita López. Y también de libros salieron las palabras que escuché decir a mi padre y las que oí de mis maestros.

Algo más animado, don Vicente vuelve al escritorio y divide en dos el manuscrito. Toma los folios de la primera parte y murmura: Hasta 1840 todo fue como debía… después, ¡quién sabe!

En esas páginas quedaban estampados los nombres de los que dejaron en él las primeras marcas de una formación clásica. Mucho más énfasis, sin embargo, había puesto en el recuerdo de Diego Alcorta, a través de quien los jóvenes pertenecientes a la élite porteña pudieron introducirse en los principios de la ideología francesa.

No lo convencen del todo las líneas dedicadas a Santiago Viola:

Tenía talento, pero era un amateur y flamante en todo: en modas, en caballos, en amores, en teatro, etc., etc. Para congraciarse con la juventud estudiosa de entonces empleó 20.000 o 25.000 francos de su fortuna en mandar a venir todos los libros de fama vigente en París, libros franceses, alemanes, italianos… Viola gustaba que lo rodearan. Era bastante tarambana y petulante; nos prestaba sus libros, haciendo gala de generoso, y él mismo aprendía más con lo que nos oía que leyendo, cosa que nunca hacía, pero tenía talento fácil, superficial, frase espontánea y buena exhibición.

Frunce el ceño, las subraya y escribe «revisar» al margen.

¡Cuánto revuelo e inquietud en aquellos años treinta!, recuerda López al tiempo que lo gana la emoción. ¡Cómo no adherir con entusiasmo al liberalismo que abrazaba Francia y al romanticismo que nos envolvía y nos llamaba a la acción!

Casi imperceptiblemente se acerca un muchacho a colocar más leños en la chimenea. Don Vicente, la mirada fija en el chisporroteo, convoca a los postillones del tiempo para que, una vez más, lo lleven a la trastienda de la librería de Marcos Sastre, justo el día en que su venerable padre preside la inauguración del Salón Literario. ¡Qué gloria aquellos meses de compartir lecturas y comentarios de tantos autores sobre temáticas diversas y afines a la vez!

Pero como también se discute de política, no tardarán en llegar las advertencias, amenazas y finalmente el cierre. Una vez más, la suerte había sido echada.

El puro ejercicio intelectual puede ser hasta divertido cuando el combate ideológico no llega a salpicarse con el fango de la historia, pero cuando esto sucede ya no hay vuelta atrás.

Era apenas adolescente el día en que, para deshonra de su nombre, Lavalle mandó a fusilar a Dorrego, pero ya se había hecho hombre aquella tarde de frío invierno cuando camino de la casa paterna casi tropieza con el cuerpo de Maza acuchillado. Son tiempos de sangre. Clarines que tocan a degüello y ánimos exaltados. ¿Puede alguien mantenerse indiferente si el cuerpo tiembla ante la proximidad de la muerte o al sentir que le ha sido proscripto el pensamiento?

Presagios sombríos acompañan el inicio de 1840. Don Vicente toma ahora la segunda parte del manuscrito. Entorna los ojos y desfila ante sí el imaginario de su vida a partir de entonces, sólo que no se trata de una secuencia lógicamente ordenada sino de fragmentos que los caprichos de la memoria han tenido la ocurrencia de hacer presentes. Y por más que el hombre trata de ordenarlos, se empecinan en superponerse y entreverarse tal como sucede en los sueños. Y como si eso no bastara, cada vez que intenta capturar alguno de aquellos momentos, reaparece la visión de Lucio cayendo herido de muerte. Y cuando esto pasa, siente López que no es posible que eso ocurra, que hay que detener ese duelo absurdo… que no son estos tiempos para los campos del honor y que no sea tarambana hijo mío.

Ahora respira hondo y chasquea la lengua. Es el polvo del camino que se cuela por las rendijas de la galera que marcha a Córdoba llevando al joven abogado, su baúl y su ayo Zacarías. Con él van las consignas de Mayo que supo levantar la Asociación de la Joven Generación Argentina. Muchos días de un viaje que sólo un cuerpo sano puede soportar sin mayores consecuencias. Más todavía, la ocasión le dará amigos nuevos con quienes compartirá los sacudones y el guiso de las postas. Para un muchacho que escapa de Rosas, Córdoba es más que el cálido cobijo que le brinda su futura familia política. La ofensiva unitaria de la mano de Lavalle y Lamadrid lo invita a sumarse al combate con el filo de su pluma: «¡Caiga la maldición del cielo y de los hombres sobre el atroz tirano de la República Argentina! ¡Caiga la maldición de los niños inocentes y de las mujeres virtuosas sobre el asesino de los padres, y el violador de la castidad de las madres! ¡Maldición mil veces sobre la cabeza infernal, sobre el corazón feroz del abominable Rosas!».

Pero es inútil, ya las huestes de Oribe aplastan a Lavalle en Quebracho Herrado y la revancha federal que se viene inexorable impone un segundo exilio. Nuevamente el polvo que levanta la diligencia, que busca Chile pasando por La Rioja, más dañino aún por la sequedad del terreno y el sol implacable. Sólo el aire del Pacífico ayuda a sostener el ánimo caído, no obstante sentirse a salvo de las represalias.

Quiere fijar don Vicente el pensamiento en Copiapó, recrear la escena en que regatea con el patrón de la nave el precio por el traslado de Zacarías. Serán tres escudos hasta Valparaíso y una vez allí, se verá cómo hacer para subsistir con decoro.

Intenta sostener la mente en el inmenso mar pero, tozuda, esta vuelve a Lucio, que ya ha tomado la pistola y entra a caminar los doce pasos: ¡Párese ahí muchacho!, no siga…

¿Alguna vez consideró que ese patrimonio cultural amasado en tantas lecturas y lecciones bien asimiladas, esa formidable arquitectura intelectual que fuera escudo y lanza a la vez, pudiera tener alguna fisura? Por cierto que no. Esa fue quizás la razón de lo que algunos llamaron terquedad a lo que no era otra cosa que puro convencimiento, un juicio sobre las cosas y las personas al que ninguna argumentación y mucho menos prueba documental le pudiera hacer mella.

Pero ahora ve tambalear el manojo de certezas con que sustentó su vida, se dejan ver las grietas que recorren esa construcción fenomenal del pensamiento. Aquellos diques morales que interponía ante los otros sucumben ante el embate de una conciencia impiadosa. No era cierto, después de todo, que Santiago Viola fuera un pelafustán, ganado por la molicie mental y sediento de figuración. No sólo obtuvo su titulación con honores sino que su salvaje ejecución da cuenta de su coraje y compromiso con las causas más justas.

¿Y por qué ha de ser la cuna o el linaje la medida con que se admite o deniega el pasaje a un sitial en la historia? ¿No marchó acaso en las jornadas del 90 codo a codo con Alem, a quien vilipendiaban como el hijo del ahorcado por haber sido su padre un mazorquero a las órdenes de Rosas? ¡Cuántos hijos de nobles familias estarían siquiera a un palmo de su altura moral! ¡Cuánto coraje se necesita para preferir la muerte a doblar la cerviz! La noticia de su suicidio, hace unos días, lo hundió aún más en las profundidades de su pena.

No ha pasado nada, el disparo del otro se perdió en el aire y el de Lucio apenas rozó la oreja del ofensor: ¡Ya está! Pongamos fin a este asunto, agravios reparados y cada cual a lo suyo. Que, a fin de cuentas, estos lances no son otra cosa que comidillas de los salones del Jockey Club o del Club del Progreso. Eso intentamos, don Vicente, quiso explicar compungido Mansilla, pero no hubo forma, el duelo debía ser a muerte….

Don Vicente siente que le falta el aire. Va hasta el escritorio y llena de agua una copa que lleva a la boca su mano temblorosa.

¡Y qué bien hablaba ese muchacho Alem! ¡Cuánta pasión en cada frase! Él también supo hacerlo allá por el 52 en la Legislatura… «Y aquí señores, me honro con la declaración que hago: ¡que amo como el que más al pueblo de Buenos Aires en donde he nacido! ¡Pero alzo mi voz para decir que mi patria es la República Argentina y no Buenos Aires…!».

Don Vicente sonríe amargamente: *Sólo Dios sabe hasta qué punto me hicieron daño tantos abucheos y es hasta el día de hoy que hay todavía quienes no me lo perdonan. Pero así debió ser. Así que, ¡vamos! Tuvimos que irnos con Carmen y los niños nuevamente a Montevideo.*

Allí había recalado cuando el ambiente de Chile se le había vuelto opresivo, mucho más sin la cercanía de Sarmiento. Sintió que sus esfuerzos y aportes a la cultura de la sociedad trasandina, hechos en forma de libros, notas periodísticas y apasionados debates como aquel sobre el historicismo, no sólo obtuvieron escasa retribución sino que le habían granjeado inquina por buena parte de la élite local.

Cuesta creerle a Mansilla, piensa López. Comentan que luego de los primeros disparos dijo «¿Qué les parece un tirito más antes de amigarse?». En el 80 mató en duelo a Pantaleón Gómez, quien antes de caer había disparado al suelo diciendo «Yo no mato a un hombre de talento».

Montevideo es una opción interesante si lo que se busca es llevar una vida de cómodo publicista y prestigioso profesor universitario. Pero cómo decirle no a los amigos que insisten en ofrecerle una diputación, y quién sabe qué le tiene reservado a uno el destino de la política. ¿Pero era él un político en el sentido estricto de la palabra? Por cierto que no, concluye ahora en el corredor de su ancianidad. Para ser político hay que tener la audacia de Sarmiento, dispuesto a meter bala si eso se le antoja necesario; o el sentido de la oportunidad de Mitre para entablar negociaciones provechosas o rupturas revolucionarias y después disfrazarlas con bellas palabras. Para ser un político con aspiraciones y adentrarse en las habitaciones del poder, hay que dejar los escrúpulos en el felpudo, colgar los principios en el perchero del zaguán y saber navegar en la corriente. Puede que a uno lo llamen para ordenar las cosas y que todo vuelva a su cauce o darle cabida en la tribuna para animar un debate. Pero hay mucha distancia entre eso y el real ejercicio del poder. Si Lucio hubiera gobernado en la Provincia sabiendo mirar para otro lado no se habría abierto frente a él el abismo en el que cayó fatalmente. Es la herencia que ese hijo, el señalado para perpetuar la estirpe de los López, llevaba en la sangre.

Una vez más los fatídicos doce pasos y a la tercera palmada, el tiro que perfora las entrañas. ¡Qué dura sentencia ha venido a cumplir el ángel de la muerte! ¡Qué pena terrible seguir viviendo cuando era el hijo quien debía llorar la muerte del padre!

¡No!, ¡claro que él es mucho más que un político! La política está reservada a los que no temen enlodar su nombre, los Juárez y los Roca. Vicente Fidel López es el que comparte la mesa de los fundadores de la patria, no sólo por ser el hijo del vate mayor sino por haber escrito su historia.

Turbias emociones, mezcla de enojo e impotencia, lo llevan a maltratar su obra mayor, la *Historia de la República Argentina*, arrojando los tomos sobre la mesa y elevando la voz como queriendo que alguien escuche su inútil protesta: Una nación es ante todo una historia y forman parte de ella aquellos que creen y comparten esa comunión. Pues bien, he sido yo el autor del relato sobre el surgimiento de la nación argentina. Y cientos y miles de estudiantes repetirán sus lecciones generación tras generación, sintiendo que son el presente de un pasado glorioso, herederos de mil batallas libradas por hombres conducidos por héroes sin mácula, depositarios del legado de los hacedores del país, hombres cultos y probos, surgidos de un linaje del que soy parte. Soy el historiador de la patria. Ninguna más autorizada que mi pluma para narrar las vicisitudes de este parto glorioso que se levanta a la faz de la tierra. Autoridad que viene de la tradición de la que soy albacea; más todavía, soy la tradición misma. Por eso, mi acto de narrar necesitó más inspiración que documentos, más compromiso que imparcialidad. Algo que nunca pudo entender Mitre.

Pero sabe López que una historia así concebida sólo tiene sentido si el presente se vive como la más pura y natural continuación de aquel pasado, si los hombres y las instituciones están dispuestos a asumir el mandato dejado por los fundadores, los constructores de la nacionalidad.

Ahora entiende don Vicente que no son así las cosas. De ahí la desazón que viene a hacer más profundo el desasosiego ante la pérdida irreparable.

Porque no es este el presente imaginado y para el cual había pergeñado una historia. Este hoy incierto y tumultuoso, reflexiona, parece haber quedado sin rumbo: Las gentes que desembarcan en el puerto no son como las que quería Alberdi sino parte de una masa inculta proclive a ser ganada por ideas disolventes que terminarán erosionando el legado patricio. Y, del otro lado, nuevos ricos que han cimentado sus fortunas merced a la especulación y la rapiña. ¿Qué ha sido de la generación de Mayo? ¿Cuál será el lugar de las clases cultas y propietarias en un mundo signado por el oportunismo, el igualitarismo y la voracidad por la riqueza? Puede verse cómo los gobernantes evaden cualquier control sobre su autoridad crecientemente despótica y cómo los hombres de bien ven rendido su influjo avasallados por empresarios inescrupulosos dispuestos a enajenar los recursos propios y, en nombre de la libertad, a levantar las barreras que contienen las pretensiones del capital extranjero.

Cae don Vicente en la cuenta de su palmario fracaso. La opinión pública, a cuya construcción aportó décadas atrás desde la Revista del Río de La Plata, lo respeta y le rinde homenaje –es más, en el 90 Aristóbulo del Valle lo propuso como presidente–, pero no recoge sus ideas políticas. No es este un país en el que cuaje un sistema parlamentario. Al fin, el modo caudillesco que tanto combatió se perpetúa en los presidentes que se van sucediendo. Y si hasta ayer eran las lanzas las que garantizaban el imperio de la barbarie, mañana será el sufragio universal el que haga cumplir los temores de Lucio: «Nuestras democracias sudamericanas corren el peligro de hacerse plebeyas e ignorantes; y los esfuerzos de los hombres de pensamiento deben dirigirse a prevenir los estragos de este género de democratización de la igualdad, de la libertad y del falso liberalismo».

La lluvia cae sobre la multitud que acompaña a Lucio al sepulcro. La pena hace que Don Vicente no escuche las despedidas de Pellegrini y Rodríguez Larreta. Sólo retiene las palabras de Cané: «Ha muerto sonriendo tristemente de lo absurdo de su propia acción».

Don Vicente deja que el fuego devore uno a uno los folios que sostenía su mano. Luego va hasta la ventana y abre las persianas para que el aire frío despeje la estancia de tantos fantasmas. Quizás cuando la vocinglería de los vendedores ambulantes y el traqueteo de los carros sobre el empedrado anuncien que llega la mañana, el sueño acuda en su auxilio.

Invierno de 2016

Nuestra Jabonería de Vieytes

> Yo conozco una calle de una ciudad cualquiera
> y mi alma tan lejana y tan cerca de mí
> y riendo de la muerte y de la suerte y
> feliz como una rama de viento de primavera.
>
> Raúl González Tuñón

Me cuenta mi padre que en aquellos tiempos, cuando la muerte era algo que les sucedía a los otros, tiempos antes de que a todos envolviera el terror blanco, a pocos de ellos importaba ser pobres. Casi se diría que ser pobres era más bien una virtud porque hacía que se pudiera vivir y sentir cómo vivían y sentían aquellos desheredados de la tierra a los que se estaba ligado por vocación redentora.

Que en cambio era importante, asegura mi padre, conquistar unos saberes que permitieran alcanzar aquella superioridad intelectual y moral de la que se hablaba por entonces, condición indispensable para encarar la construcción del hombre nuevo.

Y no sólo en las bibliotecas y en las universidades, asevera mi padre, podían encontrarse aquellos conocimientos sino también en las fábricas, en los humildes caseríos de chapa y cartón que se levantan en los márgenes de la ciudad, en las calles de «fuera yanquis de Santo Domingo», y también, ¿por qué no?, en los bares y despachos de bebidas de Buenos Aires por los que también se solía transitar, ávidos de historias de correrías y militancias pretéritas y de anhelos y fervores presentes que se condensaban en cuentos y en poemas o en relatos que se pretendían verdaderos acaecidos décadas atrás, que solían prodigarse en aquellas mesas junto a las ventanas que daban sobre la calle Paraná o Talcahuano, siempre esquina Corrientes, entre pocillos de café, tragos de ginebra y niebla de tabaco negro. Que allí uno llegaba y asistía a intensos debates sobre el suicidio de Maiakovski o el realismo socialista, sobre la caída de Frondizi y las falacias del desarrollismo o a rigurosos informes de intenciones didácticas cómo sobre ese que está apoyado en el estaño que había sido campeón de box y terminó como torturador de la Sección Especial.

Que todo eso pasaba, aclara mi padre, cualquier día de la semana, menos sábados y domingos porque los fines de semana mejor dejarle el centro a los turistas y a la yuta que siempre anda a la pesca.

Que no habiendo inminencia de exámenes, ni obligaciones laborales, ni plata para gastar en salidas bailables, que por otra parte eran objeto de severa censura revolucionaria, continúa diciendo mi padre, los sábados, sin que hubiera una hora precisa, ni citación de ninguna especie ni convocatoria con «orden del día», era de rigor tomarse el tren en Once, el colectivo en Campo de Mayo para alguno al que le había tocado en suerte cumplir con el precepto de armarse en defensa de la patria, o simplemente caminar desde Haedo como era el caso del poeta vecino y desde Castelar como sucedía con Tata, amante de los libros y de las ediciones impecables, o llegar el Toto Pagano desde Pompeya en la camioneta del taller de ebanistería. No confundir ebanistería con carpintería, advierte mi padre, que de ninguna manera son la misma cosa.

Así que todos, o casi todos, recuerda mi padre, un Álvaro de larga estatura que había renegado de su condición de niño bien del barrio norte para sumarse a la causa proletaria, una gallega Isabel capaz de hacer milagros con dos papas y cuatro mostacholes, un par de Susanas siempre dispuestas, una rubia Silvia que después debía regresar a Bernal, un turco maestro de escuela y un tucumano, admirado por haber fotocopiado en la máquina de los patrones el entero tratado de anatomía humana de Testut sólo para apoyar a un estudiante pobre de medicina. Todos ellos y alguno más, de acuerdo al orden que fija la memoria, iban cayendo allí, a esa casa de la calle Brown de Morón, al oeste del Gran Buenos Aires.

Aquella era la casa de Nenina, confirma mi padre, que no recuerda si para entrar había que tocar el timbre o simplemente se trataba de pasar y saludar, hola René, como anda abuela Carlota, qué tal Tito. Entonces uno se acomodaba en la cocina, donde además de calentar el agua en la pava y contar los garbanzos para ver si dan para un guiso, podía escucharse por onda corta el último discurso de Fidel. O permanecer en el patio porque además del mate, circulaba por allí un airecito reparador en verano, se veía la luna y a Roncoroni que cada tanto se asomaba reclamando su sustento para después volver a perderse entre los techos vecinos. O aposentarse en el vestíbulo del estudio que alquilaba un abogado, que por ser sábado permanecía cerrado y podía ocuparse sin inconvenientes.

Como se ve, reitera mi padre, se disponía libremente de aquellos tres ambientes con la única restricción de no hacer bulla en el momento del baño, la cena y el comienzo del sueño de Madó. Completo silencio en el que sólo se oía el último sorbo de cada mate que parsimoniosamente hacía circular el Tata.

Y cuando la rutina se daba por cumplida, Nenina, todavía con la blusa salpicada de Nestum, hacía su entrada, encendía un cigarrillo y volvía a animarse aquella tertulia que todos los sábados entreveraba las ofensivas del Vietcong con los avatares de la colonia de Makarenko, el cancionero de la guerra civil española con la conquista del poder por la acción de masas o por la insurrección armada.

También podía pasar, acota mi padre, que Guillermo leyese una de sus fábulas y hasta era posible una visita de Luchi «tráiganme las obras de Kropotkin que tengo ganas de leer», luego de lo cual venían ganas de manotear un vaso de vino o quedarse en el patio a chamuyar con la luna, como dice el tango.

Sucedió que una vez, no recuerdo quién, confiesa mi padre, interpeló al resto diciendo que si seguía así, puras palabras y pura guitarra, el grupo terminaría convertido en una manga de pajeros mentales mientras por todas partes el mundo era un hervidero, que la historia estaba cambiando y que exigía ponerse de pie o qué creemos entender por esa cosa que llamamos praxis.

Así fue, memora mi padre, que un buen día aquella pandilla optó por mandarse a la villa para mezclarse con la gente, en especial con los pibes.

Los domingos que siguieron, pasado el mediodía, la troupe se movilizaba a la Villa Inta, en los bordes de Lugano, para jugar con los chicos, enseñarles a fabricar títeres, a cantar hermosas canciones, a pintarse la cara con carbonilla y a representar alguna que otra historia. De paso, hablar con los vecinos, sumarse a sus reclamos, compartir sus mesas y aprender de su pobreza.

Aníbal Ponce se llamaron a sí mismos y fue el modo en que soñaron con otros mundos posibles que estaban seguros de poder alcanzar un día.

También, dice mi padre que cincuenta años después volvieron a encontrarse con Nenina a la entrada de un boliche en Montmartre. Se abrazaron, tomaron vino y recordaron aquella cocina, el patio y el vestíbulo. En los dos días que siguieron ella los llevó por rincones entrañables de París, y luego se despidieron cerca de la plaza de la Bastilla.

Mientras la vio perderse entre la gente con la mano alzada, mi padre dice que murmuró: la pucha que fue lindo aquello, ¿no te parece Nenina?

Verano en París, invierno
en Buenos Aires, 2018

Severino, el predicador y el esperpento

GALILEI: Óyeme, Sagredo. Creo en los hombres, es decir, en su razón. Sin esa fe no tendría las fuerzas necesarias para levantarme cada mañana de mi cama.

SAGREDO: Quiero decirte algo: yo no creo en esa razón. Cuarenta años de vida entre los hombres me han enseñado constantemente que no son accesibles a ella. Muéstrales la cola roja de un cometa, infúndeles miedo y verás cómo salen corriendo de sus casas y se rompen las piernas. Pero diles algo racional y demuéstraselo con siete razones y se burlarán de ti.

Bertolt Brecht

Hay más cosas entre el cielo y la tierra, Horacio, de las que se sueñan en tu filosofía.

William Shakespeare

Si me presto a conversar sobre Severino no es porque sea usted alguien de esos que llaman periodistas científicos o divulgadores de la ciencia, sino porque no me parece justo que un hombre de semejante envergadura camine por la calle como un perfecto desconocido.

Lo que yo pueda decirle de Severino debe ser tomado con el mayor cuidado pues si bien he trabajado junto a él como ayudante de cátedra e integrante de sus equipos de investigación, no significa que haya llegado a conocerlo profundamente, porque como usted sabrá, eso que algunos llaman los caminos del alma son tan insondables que muchas veces ni el propio sujeto puede dar cuenta de lo que pasa en su interior.

De modo que lo que yo pueda referir tiene mucho de exterioridad y algo de conjetura aunque no creo que haya quien pueda refutarme, salvo que el propio Severino abandone su negativa a tratar con los medios y se decida a dar su versión de lo sucedido y en qué forma fue afectado por los hechos.

Comienzo por decirle que Severino era un hombre optimista. Creía fervientemente en la potencialidad del conocimiento como la vía regia para que el género humano arribe a su plenitud. ¿Acaso, repetía frecuentemente, puede escindirse el auténtico conocimiento de los atributos conferidos por la filosofía en sus albores? Verdad, belleza, justicia. ¿Qué mayor goce y emoción pueden experimentarse que la de llegar a un descubrimiento o, aunque más no sea, a la solución de un problema?

Conjeturan sus allegados que allí se encuentra la explicación de su recalcitrante soltería, ya que su vida estuvo consagrada a ampliar el horizonte de sus saberes.

De allí también su escaso roce con el mundo cotidiano, pues nadie tiene registro de su paso por los supermercados, los bares aledaños o los circuitos turísticos.

Estudioso en profundidad de cuanta materia se relacionara con el universo humanístico y las realidades sociales, tanto espirituales como materiales, tempranamente su sed de conocimiento traspasó los límites de las disciplinas. Y aunque necesariamente tuvo que acreditar competencias en algún campo específico para lograr acceder a la cátedra universitaria, siempre fue reconocido por su amplitud de miras, su capacidad para inmiscuirse en áreas que le eran presuntamente ajenas y su comprensión holística de todos los hechos, procesos y sistemas abordados en sus proyectos de investigación y en sus programaciones docentes.

Podría decirse que aquel trajín académico hacía de Severino un hombre feliz si es que puede usarse dicha palabra sin incurrir en desmesuras. Feliz lo hacía el silencio de las bibliotecas y el aroma de las páginas impresas, feliz se hallaba en los archivos donde los documentos le sugerían pistas nunca antes transitadas que lo llevaban a nuevos y sorprendentes descubrimientos. Feliz se sentía en los apasionados intercambios con los colegas, porque de ningún modo podía considerarse a Severino un intelectual solitario y mucho menos individualista.

Como era de esperarse, la copiosa producción académica de Severino obtuvo muchos y justicieros reconocimientos, como también la de ser una referencia obligada para todos los iniciados en los intrincados mundos de la investigación científica.

Pero lo que conmovió el universo académico y trascendió las fronteras dentro de las cuales discurría su vida fue el otorgamiento del Gran Premio Gran por sus rigurosas investigaciones que lo llevaron a sorprendentes hallazgos sobre las lógicas que rigen la economía, la política y la cultura en los actuales contextos socio-históricos en que estas se desenvuelven.

Semejante distinción sacó a Severino de los claustros académicos y le dio cierta popularidad. Ya sabe usted que para los reflejos nacionalistas de esta y otras comunidades, un premio internacional, no importa si deportivo, literario o de arte culinario, se vive como el triunfo de la nacionalidad por sobre cualquier otra consideración.

Pero también logró despertar el interés de los medios, no sólo por tratarse este de un país en donde no abundan los premios de esa clase sino porque la capacidad discursiva de Severino (quien a esa altura ya era entrevistado asiduamente) era potencialmente redituable, especialmente para la televisión, si se sabía explotarla adecuadamente.

Pronto llegó la propuesta: un gran debate sobre las relaciones entre la ciencia, la religión y la política, llevado a cabo por los grandes protagonistas de dichos campos en el ámbito nacional, es decir, el predicador y el esperpento, además de Severino.

La voz del predicador ya era conocida a través de varias emisoras radiales y en espacios televisivos de esos que nunca se sabe quién los financia.

El esperpento, a su vez, había logrado fama por sus denuncias altisonantes, por sus promesas de redimir a la república y por su afinidad con toda cosa que provocara escándalo.

Remiso al principio, porque se negaba a entablar cualquier tipo de relación con esa clase de personas, Severino terminó aceptando después de escuchar a sus estudiantes y colegas, entre ellos yo mismo, que lo convencieron de que se trataba de una oportunidad no sólo de divulgación de las novedades científicas sino también de que el impacto de los nuevos descubrimientos ayudaría a las personas a tomar decisiones correctas, tanto respecto de las creencias como del ejercicio de sus derechos ciudadanos.

Pero el factor determinante de su aceptación, por supuesto, era su plena confianza en el poder de la racionalidad para aplastar las cada vez más audaces embestidas del oscurantismo y las estafas de los farsantes políticos. Y el momento llegó. Desde el Luna Parc el evento sería transmitido en simultáneo a todo el país. Y ese día el legendario recinto vio colmada su capacidad, al igual que los espacios adyacentes, cuyos ocupantes debieron conformarse con seguir el debate desde las enormes pantallas instaladas al efecto.

Se había acordado con los organizadores que cada participante sintetizara sus ideas y, en un segundo momento, se abriría la discusión y el debate.

La producción preguntó a cada uno qué necesitaban en cuanto a escenografía y utilería. Severino sólo pidió una mesa con una jarra de agua y un vaso, además de la garantía de que el sistema de sonido funcionara adecuadamente.

El predicador solicitó una iluminación cenital de modo que su figura quedara envuelta en una suerte de halo celestial y una música envolvente de tonos suaves. Por su parte, el esperpento exigió paneles multicolores y brillantes, fanfarria y decoración kitsch.

Lo que pasó después es conocido por todos pero vale la pena recordarlo, ya que la memoria colectiva en este país sufre de lapsus preocupantes:

Severino fue el primero en tomar la palabra. Desplegando una lógica impecable, mediante una estrategia expositiva de meridiana claridad, desnudó una a una las falacias imperantes en el mundo de la economía, la política y la cultura. Su exposición fue seguida con respeto y saludada con discretos aplausos al finalizar.

Los que miraban las pantallas de los bares y de las casas comentaban cosas tales como «qué bocho este tipo, no» o «Carajo, este sí que sabe».

El predicador, por su parte, envuelto en su música y luces celestes, habló del amor universal, la armonía y la unidad de los opuestos. A medida que su voz se perdía entre nubes de algodón y el tramoyista lo elevaba hasta desaparecer del escenario los asistentes se tomaban de las manos, entonaban himnos y lloraban emocionados. Lo mismo sucedía en cada hogar, donde los televidentes dejaban caer sus lágrimas sobre las porciones de pizza y las jarras de cerveza.

A su turno, el esperpento hizo su entrada ejecutando unas cabriolas que finalizaron estrellando su humanidad en el piso ante el estupor y el asombro de los espectadores. Pero como si se tratara del consabido muñeco de la caja de sorpresas, se puso de pie de un salto, haciendo reverencias a diestra y siniestra. Un fuerte aplauso saludó su ocurrencia mientras acomodaba el cabello envuelto en gruesos ruleros y se calzaba unos lentes ahumados más parecidos a una máscara de carnaval que a unos anteojos de sol. Desplegó un relato pleno de conspiraciones y pausas suspensivas, advirtiendo que el contenido que estaba revelando seguramente la convertiría en víctima de tremendos atentados contra su vida, pero que con gusto moriría si de eso se trataban los designios divinos, que creía interpretar como el precio que debía pagar por la causa sagrada a la que había consagrado su vida. Mientras hablaba, se proyectaban sobre el foro negras siluetas de sujetos de sombrero y cuellos levantados, blandiendo cada uno enormes cuchillos mientras avanzaban como para caer sobre las espaldas de la heroína. Luego, las luces se fueron apagando mientras caía el telón rápido sobre el escenario.

Cuando todo se iluminó nuevamente, una fuerte ovación premió la intervención del esperpento e impidió la continuación del programa sin que nadie, salvo Severino, esbozara alguna protesta.

En los barrios, los televidentes ganaron las calles con sus cacerolas al grito de justicia, justicia y pena de muerte.

También se sabe que, a partir de esa noche, el esperpento arrasó con las mediciones de audiencia radiales y televisivas del país entero.

Ejércitos de encuestadores daban cuenta de la progresión en alza de su imagen, mientras solícitos fiscales anunciaban su actuación de oficio para que, una vez constatados los hechos relatados aquella noche, se procediera a la imputación, indagatoria y eventual remisión a prisión preventiva de los responsables de la seguidilla de atentados.

Asimismo, es sabido que el predicador continuó con sus discursos de buenas ondas, amor y promesas de felicidad en otra vida, asegurando que lejos de sentirse ofendido por la arrasadora victoria del esperpento en aquella ocasión, no sólo le guardaba admiración sino que se ponía a su disposición en cuanto decidiera postularse para enderezar definitivamente la república.

En cuanto a Severino, retomó sus tareas ante el escaso reconocimiento que obtenía cuando transitaba la vía pública. Enfrascado en sus investigaciones y en la preparación de sus clases, se diría que la derrota sufrida en aquel evento no lo afectaba en lo más mínimo.

Pero tanto yo como los más observadores entre sus discípulos notamos que una cierta tristeza se apoderó de su semblante y que una entonación menos segura emana de su voz cada vez que despliega los contenidos de su cátedra.

Primavera de 2018

Catálogo Bokeh

ABREU, Juan (2017): *El pájaro*. Leiden: Bokeh.

AGUILERA, Carlos A. (2016): *Asia Menor*. Leiden: Bokeh.

— (2017): *Teoría del alma china*. Leiden: Bokeh.

AGUILERA, Carlos A. & MOREJÓN ARNAIZ, Idalia (eds.) (2017): *Escenas del yo flotante. Cuba: escrituras autobiográficas*. Leiden: Bokeh.

ALABAU, Magali (2017): *Ir y venir. Poesía reunida 1986-2016*. Leiden: Bokeh.

— (2019): *Mordazas*. Leiden: Bokeh.

ALCIDES, Rafael (2016): *Nadie*. Leiden: Bokeh.

ANDRADE, Orlando (2015): *La diáspora (2984)*. Leiden: Bokeh.

ARMAND, Octavio (2016): *Concierto para delinquir*. Leiden: Bokeh.

— (2016): *Horizontes de juguete*. Leiden: Bokeh.

— (2016): *origami*. Leiden: Bokeh.

— (2019): *El lugar de la mancha*. Leiden: Bokeh.

— (2019): *Superficies*. Leiden: Bokeh.

AROCHE, Rito Ramón (2016): *Límites de alcanía*. Leiden: Bokeh.

BLANCO, María Elena (2016): *Botín. Antología personal 1986-2016*. Leiden: Bokeh.

CABALLERO, Atilio (2016): *Rosso lombardo*. Leiden: Bokeh.

— (2018): *Luz de gas*. Leiden: Bokeh.

CALDERÓN, Damaris (2017): *Entresijo*. Leiden: Bokeh.

CASTAÑOS, Diana (2019): *Yo sé por qué bala la oveja mansa*. Leiden: Bokeh.

— (2019): *The Price of Being Young*. Leiden: Bokeh.

COLUMBIÉ, Ena (2019): *Piedra*. Leiden: Bokeh.

CONTE, Rafael & CAPMANY, José M. (2019): *Guerra de razas. Negros contra blancos en Cuba*. Leiden: Bokeh, colección Mal de archivo.

Díaz de Villegas, Néstor (2015): *Buscar la lengua. Poesía reunida 1975-2015*. Leiden: Bokeh.

— (2015): *Cubano, demasiado cubano. Escritos de transvaloración cultural*. Leiden: Bokeh.

— (2017): *Sabbat Gigante. Libro primero: Hojas de Rábano*. Leiden: Bokeh.

— (2018): *Sabbat Gigante. Libro segundo: Saigón*. Leiden: Bokeh.

Díaz Mantilla, Daniel (2016): *El salvaje placer de explorar*. Leiden: Bokeh.

Espinosa, Lizette (2019): *Humo*. Leiden: Bokeh.

Fernández Fe, Gerardo (2015): *La falacia*. Leiden: Bokeh.

— (2015): *Notas al total*. Leiden: Bokeh.

Fernández Larrea, Abel (2015): *Buenos días, Sarajevo*. Leiden: Bokeh.

— (2015): *El fin de la inocencia*. Leiden: Bokeh.

Ferrer, Jorge (2016): *Minimal Bildung. Veintinueve escenas para una novela sobre la inercia y el olvido*. Leiden: Bokeh.

Gala, Marcial (2017): *Un extraño pájaro de ala azul*. Leiden: Bokeh

Galindo, Moisés (2019). *Catarsis*. Leiden: Bokeh.

Garbatzky, Irina (2016): *Casa en el agua*. Leiden: Bokeh.

García, Gelsys (2016): *La Revolución y sus perros*. Leiden: Bokeh.

García, Gelsys (ed.) (2017): *Anuncia Freud a María. Cartografía bíblica del teatro cubano*. Leiden: Bokeh.

García Obregón, Omar (2018): *Fronteras: ¿el azar infinito?* Leiden: Bokeh.

Garrandés, Alberto (2015): *Las nubes en el agua*. Leiden: Bokeh.

Gómez Castellano, Irene (2015): *Natación*. Leiden: Bokeh.

González Nohra, Fernando (2019): *Con sumo placer*. Leiden: Bokeh.

Guerra, Germán (2017); *Nadie ante el espejo*. Leiden: Bokeh.

Gutiérrez Coto, Amauri (2017): *A las puertas de Esmirna*. Leiden: Bokeh.

Harding Davis, Richard (2019): *Notes of a War Correspondent*. Leiden: Bokeh, colección Mal de archivo.

Hernández Busto, Ernesto (2016): *La sombra en el espejo. Versiones japonesas*. Leiden: Bokeh.

— (2016): *Muda*. Leiden: Bokeh.

— (2017): *Inventario de saldos. Ensayos cubanos*. Leiden: Bokeh.

Hondal, Ramón (2019): *Scratch*. Leiden: Bokeh.

Hurtado, Orestes (2016): *El placer y el sereno*. Leiden: Bokeh.

Jesús, Pedro de (2017): *La vida apenas*. Leiden: Bokeh.

Kozer, José (2015): *Bajo este cien*. Leiden: Bokeh.

— (2015): *Principio de realidad*. Leiden: Bokeh.

Lage, Jorge Enrique (2015): *Vultureffect*. Leiden: Bokeh.

Lamar Schweyer, Alberto (2018): *Ensayos sobre poética y política. Edición y prólogo de Gerardo Muñoz*. Leiden: Bokeh, colección Mal de archivo.

Lukić, Neva (2018): *Endless Endings*. Leiden: Bokeh.

Marqués de Armas, Pedro (2015): *Óbitos*. Leiden: Bokeh.

Miranda, Michael H. (2017): *Asilo en Brazos Valley*. Leiden: Bokeh.

Morales, Osdany (2015): *El pasado es un pueblo solitario*. Leiden: Bokeh.

Morejón Arnaiz, Idalia (2019): *Una artista del hombre*. Leiden: Bokeh.

Méndez Alpízar, L. Santiago (2016): *Punto negro*. Leiden: Bokeh.

Padilla, Damián (2016): *Phana*. Leiden: Bokeh.

Pereira, Manuel (2015): *Insolación*. Leiden: Bokeh.

Ponte, Antonio José (2017): *Cuentos de todas partes del Imperio*. Leiden: Bokeh.

— (2018): *Contrabando de sombras*. Leiden: Bokeh.

Portela, Ena Lucía (2016): *El pájaro: pincel y tinta china*. Leiden: Bokeh.

— (2016): *La sombra del caminante*. Leiden: Bokeh.

Pérez Cino, Waldo (2015): *Aledaños de partida*. Leiden: Bokeh.

— (2015): *El amolador*. Leiden: Bokeh.

— (2015): *La isla y la tribu*. Leiden: Bokeh.

— (2019): *Apuntes sobre Weyler*. Leiden: Bokeh.

Quintero Herencia, Juan Carlos (2016): *El cuerpo del milagro*. Leiden: Bokeh.

Rodríguez, Reina María (2016): *El piano*. Leiden: Bokeh.

— (2018): *Poemas de navidad*. Leiden: Bokeh.

Rodríguez Iglesias, Legna (2015): *Hilo + Hilo*. Leiden: Bokeh.

— (2015): *Las analfabetas*. Leiden: Bokeh.

Saunders, Rogelio (2016): *Crónica del decimotercero*. Leiden: Bokeh.

Starke, Úrsula (2016): *Prótesis. Escrituras 2007-2015*. Leiden: Bokeh.

Sánchez Mejías, Rolando (2016): *Mecánica celeste. Cálculo de lindes 1986-2015*. Leiden: Bokeh.

Timmer, Nanne (2018): *Logopedia*. Leiden: Bokeh.

Valdés Zamora, Armando (2017): *La siesta de los dioses*. Leiden: Bokeh.

Vega Serova, Anna Lidia (2018): *Anima fatua*. Leiden: Bokeh.

Villaverde, Fernando (2016): *La irresistible caída del muro de Berlín*. Leiden: Bokeh.

— (2016): *Los labios pintados de Diderot*. Leiden: Bokeh.

Williams, Ramón (2019): *A dónde*. Leiden: Bokeh.

Winter, Enrique (2016): *Lengua de señas*. Leiden: Bokeh.

Wittner, Laura (2016): *Jueves, noche. Antología personal 1996-2016*. Leiden: Bokeh.

Zequeira, Rafael (2017): *El winchester de Durero*. Leiden: Bokeh.